AF201219

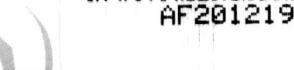

Nox

Alenor J. Stevens

Londinium

Episode 1

Mit Illustrationen
von LucifersChoice

Originalausgabe

Lektorat & Korrektorat: Sabrina Schumacher
Coverdesign: LucifersChoice (Charakter) & Alenor J. Stevens
Illustrationen: LucifersChoice
Buchsatz: Alenor J. Stevens mit Adobe inDesign

Herstellung und Verlag: BoD – Books on Demand, Norderstedt

ISBN: 9783751903554

Weitere Informationen unter: www.vaerysarium.com

Werte Leser*innen

Bevor ihr es euch gemütlich macht,
um diese Geschichte zu lesen, möchte
ich euch darauf hinweisen, dass ihr
die Triggerwarnungen und die Playlist
zu dieser Episode auf Seite 112 & 113 findet.

Und nun viel Spaß beim Lesen!

Für Mum

1

Als die altbekannte Melodie des *Big Ben* über die Dächer von London hinwegschallt, horche ich auf. Die Melodie läutet die volle Stunde ein, gefolgt von zwei dröhnenden Glockenschlägen, die die zweite Stunde nach Mitternacht andeuten. Es ist schon spät, aber es bleibt nach wie vor genug Zeit, bevor der Morgen anbricht, um die Nacht noch etwas zu genießen.

Eine tiefe, dumpfe Stimme dringt zu mir vor, doch ich ignoriere sie. Nach wenigen Sekunden verstummt sie und wird vom Scheppern einer Spraydose abgelöst. Das Geräusch hört sich so an, als würden tausend Kieselsteine gegen die Wände eines Blechkanisters dreschen und immer wieder umhergeschleudert werden. Ich zucke jedoch nicht mit der Wimper. Neu ist mir dieser Lärm längst nicht mehr. Ich würde sogar behaupten, dass ich ihn teilweise lieben gelernt habe. Genauso die laute Musik. Das Zischen der Farben, sobald diese aus den Spraydosen entweichen. Die aufmüpfigen Worte gegen die bestehende Gesellschaft. Aber auch die engen Gassen, an deren

Wände die Graffiti anderer Künstler haften, möchte ich nicht mehr missen. Obwohl die Kunstwerke mal mehr, mal weniger hübsch anzusehen sind, aber über Geschmack lässt sich ja bekanntlich streiten.

Während Dexter Holland *Gone Away* aus den Boxen des Ghettoblasters schmettert, wende ich mich dem Ursprung der Stimme zu – Art, der dem Graffito die letzten Details verpasst. Fasziniert verfolge ich seine Bewegungen, wie er lange geschwungene Linien zieht, wie sich die Nähte seiner Lederjacke unterhalb seines rechten Arms überdehnen, fast reißen, aber er senkt ihn, bevor er mit dieser Verrenkung seine Kleidung ruiniert. Na ja, seine Jeans haben bereits Löcher, die schwarzen Stiefel längst bessere Tage gesehen. Selbst das T-Shirt ist verzogen, durch die Jacke fällt es jedoch kaum auf. Ich würde ihm ja neue Kleidung besorgen, aber er besteht darauf, dass ich es nicht tue. Dieser sture Bock!

Etwas weiter unten verpasst er dem Werk noch seine Signatur und fügt das heutige Datum an – 4/9/98.

»Sean?« Beim Klang meines Namens spitze ich nun doch die Ohren. Art hat sich mir zugewandt und schaut mich mit diesen erwartungsvollen, graublauen Augen an. Ich habe nicht den leisesten Schimmer, was oder ob er mich überhaupt etwas gefragt hat, und zucke deshalb wenig beeindruckt mit den Achseln.

Arts Schultern sacken etwas nach vorn. »Du hast mir gar nicht zugehört.«

»Nah.«

Er grummelt, während er versucht, seine Enttäuschung zu verbergen. Ich erkenne sie trotzdem. Höre, wie er mit seinen Zähnen knirscht, sehe, wie sich sein Kiefer anspannt und sich seine Pupillen vor Ärger weiten. Sein Schweigen dauert eine gefühlte Ewigkeit an. Ich weiß ganz genau, dass ich einen Nerv getroffen habe. Art hasst es, ignoriert zu werden, und seine Toleranzgrenze diesbezüglich ist nicht vorhanden.

Für zwei weitere Sekunden lasse ich ihn zappeln, bevor ich ihn von seinem ›Leid‹ erlöse. »Hast du mich was gefragt?«

Mit der Spraydose in der Hand verschränkt Art die Arme vor der Brust und zieht eine Augenbraue hoch. »So, so, jetzt interessiert es dich?« Er murmelt etwas Unzusammenhängendes vor sich hin und räuspert sich. »Ich hab dich gefragt, was du von meinem Meisterwerk hältst.«

Gespielt überrascht grinse ich ihn breit an. »Mr *Ich-geb-einen-Scheiß-auf-die-Meinung-anderer* fragt doch tatsächlich nach, was ich dazu zu sagen habe. Das notier’ ich mir gleich fett im Kalender.«

Die Spraydose aus Arts Hand fliegt mir entgegen, aber ich weiche ihr mit einem Schritt zur Seite aus. Sie prallt an der Wand ab und kommt scheppernd auf dem Boden auf. Wir starren für einen Moment beide in diese Richtung – er mit einem enttäuschten Schnauben, ich schweigend. Er hätte mich auch verfehlt, wenn ich stehen geblieben wäre, aber das muss er ja nicht wissen.

»Sehr erwachsen!« Ich schmunzle kopfschüttelnd und bücke mich, um die Spraydose aufzuheben. Dicht an meinem Ohr schüttle ich sie, allerdings nur leicht, um mir nicht selbst einen Gehörschaden zu verpassen. So merke ich, dass sie fast leer ist. Damit sie niemand anderes in die nächstbeste Ecke wirft, packe ich sie in meine rechte Hosentasche.

»Ach, leck mich doch!«, ruft Art aus.

Sein angespannter Tonfall irritiert mich nun doch. Normalerweise jucken ihn meine bissigen Kommentare kaum, aber heute ist er wirklich nicht zu Scherzen aufgelegt. Ob es an seinen Kopfschmerzen liegt? Er hat es zwar nicht angesprochen, aber er berührt andauernd seine rechte Schläfe und reibt sich von Zeit zu Zeit die Nase, als würde er nachprüfen, ob sie läuft. Was auch immer es ist, irgendetwas stimmt nicht mit ihm. Damit er mein ratloses Stirnrunzeln nicht sieht, wende ich mich von ihm ab und gehe vor dem Ghettoblaster in die Hocke.

»Musst nicht gleich so zickig werden. Oder bist du heute mit dem falschen Fuß aufgestanden?«, hake ich nach, in der Hoffnung, dass er endlich mit der Sprache herausrückt.

»Es ist nichts«, setzt er an, merkt aber, dass er mich damit nicht zufriedenstellen kann. Dafür kennt er mich zu gut. Er packt die übrigen Spraydosen in seinen zerschlissenen Rucksack, bevor er sich damit zu mir gesellt und sich links neben mich pflanzt. »Zurzeit stinkt's zur Hölle bei uns, weil da letztens jemand in unserem Zimmer mitten auf den Teppich gekotzt hat.« Naserümpfend reibt er sich über die Stirn. »Und Timothy hat letzte Nacht so laut geschnarcht, dass man es sicher im Umkreis von drei Blocks gehört hat.«

»Jetzt ist dein bester Kumpel schuld an deiner Laune.« Wieder falle ich dem Reflex einher, Art auf die Schippe zu nehmen, aber der findet es gar nicht komisch und wirft mir einen richtig bösen Blick zu. Als würde er mich gleich anspringen und mir den Hals umdrehen. Was er nicht tun geschweige denn überhaupt schaffen würde, aber dieser Typ hat es wirklich drauf, andere Leute allein mit seinen stechend blauen Augen einzuschüchtern.

Ich hebe die Arme entschuldigend in die Höhe. »Sorry, ich mein's nicht so.«

Arts Ausdruck wird wieder weicher, bevor er seinen Blick senkt. »Tim ist nicht schuld daran. Er hilft, wo er nur kann, obwohl er selbst genug um die Ohren hat. Er kümmert sich gut um alle.«

»Prima! Auf Timothy ist Verlass«, erwidere ich, auch wenn ich lieber etwas anderes gesagt hätte. Mir gefällt es nicht, dass Art in irgendeinem verlassenen Zimmer in den Slums von London schläft, dass er jede Nacht friert, kaum genug zu essen hat. Aber er will sich einfach nicht von mir helfen lassen. Er bleibt lieber da und versucht, selber irgendwie über die Runden zu kommen. Bis zu einem gewissen Grad kann ich es nachvollziehen, warum er so vehement auf seiner Eigenständigkeit beharrt. Trotzdem sehe ich, dass er oftmals ziemlich müde und traurig in den Tag hineinschaut, egal, wie sehr er sich darum bemüht, es vor mir zu verbergen.

Seufzend wende ich mich zur Mauer um, die er gerade besprayt hat, und betrachte sein Kunstwerk eingehend. Er übertreibt nicht einmal damit, es als ›Meisterwerk‹ zu bezeichnen. Mit den vier Farben Schwarz, Rot, Hellblau und Weiß hat er einen skatenden Bären, der einen *Ollie* vollführt, auf die Wand gezaubert. In nicht einmal drei Stunden. Als ich seinen erwartungsvollen Blick auf mir bemerke, reiße ich mich aus dem Bann des gelungenen Graffito und zucke mit den Schultern.

»Sieht ganz okay aus«, erwidere ich knapp. Art verträgt keine Komplimente. Jedes Mal, wenn ich eines seiner Werke als gelungen bezeichnet habe, ist es ihm immer gleich zu Kopf gestiegen. Also behalte ich meine Begeisterung lieber für mich.

»Nur okay?«, hakt er nach. Natürlich tut er das. Ich verstehe seine Zweifel ja, aber es ist sowieso nicht meine Art, jemanden in den höchsten Tönen zu loben.

»Yeah.« Zuerst bleibe ich ernst, beobachte, wie sich Arts Miene verfinstert und sich Enttäuschung erneut über seine müden Züge legt, doch dann klopfe ich ihm auf die Schulter. »Na schön, es sieht ganz ordentlich aus. Möchtest du ein Leckerli dafür?«

Art schnaubt belustigt. »Passt schon.« Er steht auf, klopft sich den Staub von der Hose und hält mir die Hand entgegen. »Ich denke, ich bin fertig damit. Sollen wir weiter?«

Nachdenklich mustere ich seine Finger, schaue dann zu ihm hoch. »Hast du denn noch Pläne für die Nacht? Du solltest dich besser hinlegen und dich ausruhen, sonst läufst du bald rum wie ein Zombie.«

»Ja, Mum«, neckt er mich und grinst wie ein kleiner Lausebengel, der genau weiß, wie man jemanden provoziert. »Aber nein, jetzt mal ehrlich: Ich mach' mich auf den Rückweg, bevor ich wie ein Zombie durch die Straßen schlurfe. Begleitest du mich noch ein Stück?«

Ich greife nach seiner Hand und lasse mich von ihm auf die Beine ziehen. »Sicher.« Noch im Schwung husche ich an ihm vorbei und packe mein Skateboard, das ich neben dem Ghettoblaster an die Wand gestellt habe. »Wer als Letztes da ist, spendiert dem Gewinner einen Kaffee!«

»Hey! Du schummelst!«

»Heul doch!«

Sein Wettbewerbsgeist erwacht mit einem lauten Grummeln. Die Räder unserer Skateboards krachen auf den Asphalt und ich höre, wie die Sohle von Arts Stiefel auf dem Boden aufkommt und er sich abstößt, um an Fahrt zu gewinnen.

Das Lied *The Kids Aren't Alright* könnte nicht passender sein, als ich um die Ecke schlittere und dabei fast eine Politesse überfahre. Sie weicht glücklicherweise noch rechtzeitig aus, bevor es zu einem Umfall kommt. Bei mir kommt sie nicht dazu, etwas zu sagen, aber Art ruft sie hinterher: »Bleibt stehen, ihr verdammten Punks!«

So wie ich ihn kenne, denkt er da nicht dran, und die nach wie vor rollenden Räder bestätigen mir das auch sofort. Er lässt der Politesse also überhaupt keine Chance, ihn auszubremsen, und offensichtlich stört ihn der Ghettoblaster, den er bei sich trägt, nicht einmal. Schneller, als mir lieb ist, macht er etwas Abstand zu mir wett, die Musik wird immer und immer lauter, je näher er herankommt. Ich lege nochmals einen Zahn zu. Verlieren ist keine Option, und wenn wir zudem noch verfolgt werden, umso weniger.

»Bist du dem Klub der Rollatorenopas beigetreten oder warum schleichst du so hinter mir her?«, rufe ich über meine Schulter, nur ganz kurz, ehe ich meinen Blick wieder nach vorne richte, um den Fußgängern auszuweichen, die entweder aufschreien oder mir Flüche hinterherschicken.

»Halt die Klappe, Sean!«, raunzt Art und ich merke, wie er damit kämpft, mit mir mitzuhalten. Trotz all der Umgebungsgeräusche nehme ich wahr, wie er hustend nach Luft ringt. Und ich rieche Blut.

Ich verlangsame mein Tempo und lasse zu, dass er zu mir aufschließt. Das Rennen ist vergessen, denn er kann nicht mehr. Nicht, dass er freiwillig aufgegeben hätte, aber alle Farbe ist aus seinem Gesicht gewichen und er röchelt, als wäre er gerade einen Marathon gerannt. Seine Lippen haben sich blau verfärbt, zittern, aber er bleibt tapfer auf seinem Skateboard stehen und leitet alle übriggebliebene Energie in seine Beine, damit es weiterrollt.

»Gibst du auf?«, presst er atemlos hervor und lächelt mir verschmitzt zu.

Mit einem raschen Blick nach hinten versichere ich mich, dass uns die Politesse nicht mehr folgt. Wir waren wohl einfach zu schnell und sie zu Fuß viel zu langsam, aber ich kann mich nicht über diesen kleinen Triumph freuen. Stattdessen bereitet mir Arts schlechter Zustand Sorgen. Ich bin mir nicht einmal sicher, seit wann es ihm so miserabel geht. Erst seit wenigen Wochen oder schon seit Monaten? Es stimmt, dass er seit einiger Zeit immer wieder krank ist und Timothy mich ständig damit vertröstet hat, dass Art mit Kopfschmerzen auf seiner Matratze liegt, aber das hier ... Das ist längst nicht mehr eine normale Migräne. Das hier ist eindeutig etwas Ernstes.

Seine Augen fallen ihm fast zu, also lenke ich mein Skateboard näher zu ihm, halte ihn an und helfe ihm vom Board. »Ich glaube, es ist besser, wenn wir das letzte Stück Weg zu Fuß gehen.«

Er stößt mich leicht von sich, bückt sich, um nach seinem Skateboard zu greifen, und hält es in seiner freien Hand. »Es ist nichts. Es geht schon«, flüstert er, aber es sind Sätze, die er schon zu oft von sich gegeben hat. Als wären sie einstudiert.

»Idiot!« Ich gehe ganz nah neben ihm, mit dem Skateboard in meiner linken Hand, und mache mir nichts daraus, dass er mich zuvor von sich gestoßen hat. Normalerweise hätte ich geflucht und ihm die Leviten gelesen, aber irgendwie habe ich das Gefühl, er hätte es sowieso nicht mitgeschnitten. Er wirkt nämlich alles andere als anwesend. Keinen bissigen Kommentar hat er für mich übrig. Keine Beleidigung. Er gibt keinen anderen Laut mehr von sich außer dieses besorgniserregende Röcheln. Ich kenne das so gar nicht von ihm. Sonst hat er ein Talent dafür, mit seinen Bemerkungen von einem Fettnäpfchen ins nächste zu treten. Es passt überhaupt nicht zu ihm, zu schweigen. Schon gar nicht, wenn ihn jemand als Idiot bezeichnet.

Vor dem verlassenen Wohnblock halte ich kurz inne, damit ich ihm den Ghettoblaster abnehmen und er zu Atem kommen kann. Doch Art scheint sein miserabler Zustand reichlich egal zu sein. Er schleppt sich die fünf Treppenstufen zum Hauseingang hoch, obwohl er kaum mehr imstande ist, sich gerade auf seinen Beinen zu halten.

»Art?« Vorsichtig stelle ich den Ghettoblaster auf dem Boden ab und folge ihm. »Soll ich dich nach oben begleiten?«

Er schüttelt nur den Kopf, bevor er in seinen Ärmel hustet und ich erneut den Geruch seines Blutes wahrnehme. Obwohl er fast an dem Hustenanfall erstickt, hebt er seine Hand und schaut lächelnd über die Schulter zu mir hinunter. An seinem linken Mundwinkel klebt etwas Rotes. Sofort schärfen sich meine Sinne, stellen sich auf die Jagd ein, doch ich widerstehe dem Drang, mich auf ihn zu stürzen, an ihm festzuklammern und ihn zu beißen. Ich ignoriere den Hunger, der ein tiefes Loch in meine Magengrube hineinfrisst. Meine Kehle fühlt sich an, als hätte ich Sandpapier verschluckt – mehrere Stücke nacheinander, aber auch das schiebe ich beiseite und bleibe wie angewurzelt stehen.

Die schwere Tür des Wohnblocks fällt ins Schloss. Der laute Knall schmerzt in meinen Ohren, doch der Nachhall wird rasch vom Rumoren der Nacht verschlungen. Unschlüssig steuere ich auf die Tür zu, dann doch wieder zurück zum Gehweg. Ich bin mir nicht sicher, ob ich Art nach oben folgen soll.

Er ist krank, ernsthaft krank. Das ist mir jetzt klargeworden. Ich hätte es schon viel früher bemerken müssen, er scheint allerdings ganz genau zu wissen, wie man die Anzeichen so herunterspielt, dass es niemand wahrnimmt.

Zähneknirschend balle ich meine rechte Hand zur Faust, möchte damit am liebsten gegen eine Wand schlagen, doch stattdessen schüttle ich sie, als könnte ich auf diese Weise meine Wut abwerfen. »Dieser Arsch! Hätte er doch was gesagt!«

Aber selbst wenn er es getan hätte – ich kann an seiner Lage nichts ändern, ihn nur zur Rede stellen, sobald ich ihn das nächste Mal sehe.

Ich hieve den Ghettoblaster auf meine Schulter, knalle mein Skateboard auf den Boden und nehme ordentlich Anlauf, um durch die beinah menschenleeren Gassen Londons zu brettern. Tief in Gedanken versunken und – auch wenn ich es nicht gern zugebe – besorgt um Art.

Kurz vor dem Morgengrauen erreiche ich meine Wohnung an der *Hasker Street* im *Chelsea*-Viertel, jogge locker die Treppenstufen hinauf und stelle den Ghettoblaster vor der Eingangstür ab. Mit dem Skateboard in meiner rechten Hand krame ich in der linken Hosentasche nach dem Hausschlüssel. Nebenher sehe ich im Briefkasten nach, ob mich jemand vermisst oder etwas von mir will, aber er ist leer.

Sobald ich die Tür aufgeschlossen habe, höre ich ein lautstarkes Miauen von unten.

»Dracula!« Ich hänge meinen Schlüsselbund an den Haken gleich links neben der Eingangstür und stelle mein Skateboard unterhalb davon gegen die Wand, den Ghettoblaster daneben, bevor ich mich Dracula widme. Mein liebreizender, schwarzer Kater sitzt vor mir und schaut vorwurfsvoll zu mir hoch.

»Na, du!« Langsam gehe ich vor ihm in die Hocke und strecke ihm meine Hand entgegen. »Hast du Hunger?«

Als hätte er mich verstanden, miaut er und schmiegt seinen Kopf gegen meine Handfläche. Mir wird gleich warm ums Herz und ich kann nicht anders, als diese liebenswerte Miezekatze anzulächeln.

»Warum frag' ich dich das überhaupt? Ich lass dich ja immer verhungern, hm?«

Wieder ein Miauen.

»Ist ja gut!« Ich stehe auf und bewege mich in die Küche. Dracula folgt mir auf Schritt und Tritt, um mir direkt um die

Beine zu streichen, sobald ich vor dem Futterschrank stehenbleibe. »Geduld, Dracula! Geduld!«, ermahne ich ihn, aber er jammert nur noch lauter. »Du armes Kätzchen, du.«

Ich spute mich, um meinen Kater nicht länger warten zu lassen, öffne die Büchse mit einem Dosenöffner, ehe ich einen Teil des Inhalts in einen Napf löffle.

»Hier hast du dein wohlverdientes Essen.« Ich stelle es an seinen Futterplatz. Im nächsten Moment macht er sich schon darüber her. Zufrieden wasche ich mir die Hände, verstaue den Rest des Futters im Kühlschrank, um mir daraus dann selbst eine Blutkonserve zu genehmigen. Nachdenklich betrachte ich sie und fahre mit dem Daumen über das Siegel, auf welchem das Wappen des örtlichen Vampirlords – ein Hirsch mit zwei langen Säbelzähnen – dargestellt wird. Dadurch kann ich wenigstens sichergehen, dass diese Konserve nicht einfach aus einem Lager der Menschen bezogen, sondern wirklich in einer Sonderabteilung für Vampire gelagert wurde. Als ich sie aufreiße, riecht sie nicht mehr ganz so frisch, aber es muss genügen. Besseres kriege ich zurzeit sowieso nicht wegen der Blutkonservenkrise, die momentan vorherrscht. Es gibt einfach zu viele Vampire und zu wenige freiwillige Spender, um den Mangel an Blut auszugleichen. Und das nicht nur in London. In allen möglichen Großstädten nimmt diese Problematik seit Jahren beunruhige Ausmaße an, gegen welche meiner Meinung nach viel zu wenig unternommen wird.

Bis auf den letzten Tropfen gieße ich das rote Lebenselixier in eine Tasse, die ich daraufhin für ein paar Sekunden in die Mikrowelle stelle, um das Blut auf Körpertemperatur zu erhitzen. Köstlich ist es nicht, aber es stillt meinen Durst und stellt mich zufrieden.

Ich habe gerade einmal einen knappen Schluck aus meiner Tasse getrunken, als Dracula seine Vorderpfoten demonstrativ auf meinen Füßen absetzt und sich dabei die Zähne sauber leckt. Seine Portion hat er wie ein Staubsauger verschlungen und nichts übrig gelassen. Mit einem langsamen Blinzeln begegne ich seinem Blick. »Hat's geschmeckt?«

So viel zu meinem entspannten Essen. Ich kippe den Inhalt in einem Zug herunter und stelle meine Tasse ab, damit ich den Kater auf meine Arme nehmen kann. Ganz vorsichtig drücke ich ihn an mich und er fängt sofort an zu schnurren.

»Aw! Ich liebe dich auch, Dracula!« Ich vergrabe mein Gesicht in seinem warmen Fell. Und wie immer lässt er es zu. »Du kommst jetzt mit ins Schlafzimmer!« Dracula hat natürlich nichts dagegen. Ganz im Gegenteil. Immer wenn ich irgendwelche Türen verschließe, kratzt er so lange an ihnen, bis ich sie wieder öffne. »Aber das passiert jetzt nicht. Du darfst überall hin, du kleiner, ungezogener Prinz!«

Ich kuschle noch eine ganze Weile mit ihm, bis es mir gelingt, die Ereignisse des Tages beiseitezuschieben, und ich mich satt und mehr oder weniger ruhig schlafen lege.

2

Gegen acht Uhr abends finde ich mich an meinem und Arts üblichen Treffpunkt ein: unterhalb der *Tower Bridge*, auf der nördlichen Uferseite der Themse. Für gewöhnlich erwarten mich dort andere Punks, Obdachlose, Junkies und weitere von der Gesellschaft Ausgestoßene, aber heute ist es erstaunlich ruhig. Nur eine verwahrloste Frau huscht einige Meter von mir entfernt vorbei, ehe sie wieder von dannen zieht. Ich schaue ihr nach, während ich es mir auf der modrigen Sitzbank gemütlich mache, die sich anscheinend vor Jahren einmal hierher verirrt und nie wieder in ihren Park zurückgefunden hat. Entspannt lehne ich mich zurück, mit dem Blick auf die Themse. Ich hasse es, wie viel Abfall darin herumschwimmt, wie sie nach Motoröl, Waschmitteln und allerlei anderen Chemikalien stinkt, die nicht ins Wasser gehören. Während der Sechziger hab ich noch vermehrt mit anderen dafür gekämpft, dass die Mehrheit der Bevölkerung besser auf ihre Umwelt achtet, aber mir kommt es so vor, als wäre dieses Anliegen seit einigen Jahren vermehrt zum Erliegen gekommen. Wie so vieles hat sich diese Front mit dem Wechsel der Jahrzehnte größtenteils aufgelöst und wurde durch andere Bewegungen oder gar Gegenbewegungen ersetzt. Ich rümpfe die Nase und strecke mich, um den Ekel dadurch ein wenig zu vertreiben.

Also von mir aus dürften soziale Rebellionen ruhig länger anhalten, aber leider trifft man in der Vampirgesellschaft diesbezüglich selten auf Zustimmung. Vor allem die Älteren wollen die sogenannten ›altbewährten‹ Strukturen beibehalten und bestehen darauf, dass es daran nichts zu rütteln gibt. Echt frustrierend!

Aus der Ferne höre ich, wie jemand auf einem Skateboard näher zu mir rollt, aber ich bewege mich kein Stück. Stattdessen tue ich so, als hätte ich nichts bemerkt, und starre weiterhin auf das müffelnde Gewässer.

Die rollenden Räder stoppen jäh, sobald Art vom Brett springt und mit dem rechten Fuß hinten drauftritt, damit es flippt. Mitten in der Luft fängt er es auf und klemmt es sich unter die Armbeuge.

»Hi Sean!«, begrüßt er mich mit seiner dunklen, aber dünnen Stimme. Immerhin ist er überhaupt wieder dazu in der Lage, zu sprechen, doch sein Herz schlägt viel zu schnell und er scheint kaum genug Luft zu bekommen.

Zögerlich wende ich mich ihm zu. »Hi.«

»Und?« Er fläzt sich neben mich auf die Parkbank und legt sein Brett quer über seine Oberschenkel. »Was ist für heute geplant? Erschrecken wir noch mal ein paar Politessen oder machen wir mal eins auf ernst und legen uns mit den ganz Harten an? Was meinst du?«

Mit erwartungsvollem Blick beugt er sich leicht vor, stellt die eine schmale Kante seines Skateboards auf dem Boden ab und stützt sich darauf, um das Gleichgewicht nicht zu verlieren.

»Lassen wir es heute langsam angehen«, erwidere ich mit zusammengezogenen Augenbrauen.

»Hä? Ich glaub, ich hör nicht recht.« Art stutzt und schnaubt ungläubig. »Seit wann lassen wir es ›langsam‹ angehen? Das ist ja was ganz Neues.«

»Ja und? Wir könnten uns auch einfach in eine Bar setzen, um die Nacht anschließend auf der faulen Haut zu liegen«, schlage ich vor und weiche seiner Hand aus, als er sie nach meiner Stirn ausstreckt. »Hör auf damit!«

»Hast du Fieber?«, fragt er im Scherz und lacht auf, aber das endet ganz schnell in einem Hustenanfall, der ihn regelrecht durchschüttelt.

»Art?« Ich lege beide Hände auf seinen Rücken. »Hör mir zu! Versuch, ganz ruhig zu atmen! Ich weiß, es kommt dir wahrscheinlich unmöglich vor, aber vertrau mir.«

Röchelnd holt er Luft und nickt mir zu. Er hustet noch einige Male, doch folgt meinem Ratschlag und gibt sich tatsächlich Mühe, nicht unkontrolliert nach Luft zu ringen. Stattdessen atmet er in tiefen Atemzügen, bis das Husten allmählich abebbt. Er lehnt sich nach vorn, mit dem Gesicht parallel zum Boden, und stützt sich mit den Ellbogen auf seinen Knien ab. Aus seinem Mund tropft Blut. Deutlich mehr als gestern.

»Das reicht jetzt!«, durchbreche ich fauchend das Schweigen zwischen uns und rüttle kurz an ihm. »Rück jetzt endlich mal raus mit der Sprache! Was du da hast, ist nicht normal! Deine Kopfschmerzen, die Hustenanfälle, das Blut! Nichts davon! Hörst du? Rede!«

Schwach lacht er auf und linst zu mir herüber. »Sonst was? Schubst du mich von der Bank? Oder haust du mir dein Skateboard um die Ohren?«

»Ernsthaft, Art!« Ich knurre ihn frustriert an. »Ich mein es so!«

»Okay, ich hab's ja verstanden, aber man kann sowieso nichts daran ändern.« Mit dem rechten Handrücken wischt er sich das Blut von seinen Lippen, bevor er es nachdenklich betrachtet. »Es ist also nichts, womit du dich belasten musst.«

»Wer gibt dir das Recht, darüber zu urteilen, ob es mich kümmert, wie es dir geht, oder nicht? Das entscheide ich immer noch selbst!«

»Sean ...«

»Nein, Art! Du verrätst mir jetzt endlich, was mit dir nicht stimmt! Vorher lass ich dich nicht mehr in Ruhe damit!«

Grummelnd wendet er seinen Blick ab. »Ich möchte nicht ...«

»Nichts da!«, unterbreche ich sein Rumgedruckse. »Es kann doch für dich nicht so schwierig sein, mir zu sagen, was los ist. Wie viel Scheiße müssen wir zusammen noch erleben, bis du mir vertraust?«

Endlich dreht er sich wieder zu mir, gibt dabei sogar ein schwaches Lachen von sich. »Ich vertraue aus Prinzip niemandem, aber was soll's.« Er räuspert sich, doch er tut seiner ohnehin schon schwächelnden Stimme keinen Gefallen damit. Als er weiterspricht, klingt sie nur noch kratziger. »Ob du es weißt oder nicht, ändert so oder so nichts an meiner beschissenen Situation.« Es scheint ihn enorme Überwindung zu kosten, denn er atmet tief durch und unterdrückt ein Zittern. »Ich ... habe Krebs.«

Stille.

Ich sortiere meine Gedanken, damit ich mich nicht in einem wilden Strudel davon verliere und zu lange in Schweigen versinke.

»Welche Art von Krebs?«, hake ich nach, ganz sachlich, aber ich bemühe mich darum, nicht zu kühl zu klingen.

»Ein Hirntumor, aber mittlerweile hat er auch in meine Lunge gestreut.«

Dass er so viel raucht, macht es bestimmt nicht besser, doch dazu verkneife ich mir einen Kommentar. »Deswegen der blutige Husten und die Atemnot.«

Art nickt bestätigend.

»Wirst du behandelt?«

»Ja, das wurde ich, aber die Medikamente, die vom *NHS* übernommen werden, haben nicht mehr angeschlagen und teurere lagen nicht drin«, antwortet er zähneknirschend und verschränkt seine Hände ineinander. »Bis vor zwei Monaten hat sich meine Mum heimlich mit mir getroffen, um mir Geld für Essen und die U-Bahn zuzustecken. Damit ich nicht immer zu Fuß ins Krankenhaus muss und um mir die Situation etwas zu erleichtern. Mein Erzeuger hat leider Wind davon bekommen.«

»Inwiefern? Was ist passiert?«

»Er hat's herausgefunden, es ihr verboten, mich zu unterstützen, und seither habe ich sie nicht wieder gesehen. Sie hat noch ein paarmal versucht, mich anzurufen, aber auch das hat er irgendwie mitgekriegt, hat ihr das Telefon aus der Hand gerissen und mich angeschrien, ich solle mich nie wieder melden, wenn ich nicht wollte, dass er mir die Polizei auf den Hals hetzt.«

»Charmant ...«

»Charmant kennt der nicht. Jedenfalls nicht seiner Familie gegenüber. Er hat auch nicht denselben Wortlaut verwendet wie ich jetzt. Aber ich bin es schon länger gewohnt, dass er mich als Schwuchtel bezeichnet oder mir andere Beleidigungen an den Kopf wirft. So war er schon damals, als er mich wegen meiner sexuellen Orientierung enterbt hat.« Ich sehe ihm an, dass er es sich um jeden Preis verbietet, irgendwelche Gefühle zuzulassen. Stattdessen starrt er mit emotionsloser Miene Löcher in den Boden vor sich.

»Dazu hatte er kein Recht«, werfe ich ein und lege Art tröstend die Hand auf die Schulter. Ich spüre das Zittern, das er so vehement zu unterdrücken versucht.

»Wozu?« Art schaut mich ein wenig verloren an.

»Dich zu enterben und dir jede finanzielle Stütze unter den Füßen wegzuziehen. Du hast auch Rechte, weißt du?«

Ein trauriges Lächeln erscheint auf seinem Gesicht. »Du hast leicht reden, Sean. Ich habe alles versucht, aber nein, gegen ihn komme ich nicht an. Er gehört halt zu diesen klassischen Kapitalistenschweinen, die wie die Fliegen von ihren Anwälten umschwirrt werden.«

»Aber das kann es einfach nicht sein! Wenn du diese teureren Medikamente nicht bekommst, dann –«

»Sterbe ich«, unterbricht er mich jäh und zeigt mir damit, dass ihm das bewusst ist. »Ja, ich werde sterben. Mir bleiben vielleicht noch ein paar Wochen oder höchstens zwei, drei Monate, aber dann ist Ende im Gelände. Wenn die Chemotherapie richtig angeschlagen hätte, wären meine Überlebenschancen laut den zuständigen Ärzten gar nicht so schlecht gewesen, aber mittlerweile habe ich mich mit dem Gedanken abgefunden, bald ins Gras zu –«

»Stopp!«, rufe ich aus und springe im selben Moment auf die Beine, um mich vor ihn zu stellen. »Hör auf, so zu denken! Dein Leben ist noch nicht vorbei!«

»Doch! Ist es, egal, wie sehr du versuchst, die Augen davor zu verschließen!«

»Unterbrich mich nicht, Art! Und hör auf! Verzweiflung bringt dir nichts! Lass es! Ich werde dir helfen! Irgendwie! Und nein, ich will jetzt keine Widerrede hören!« Ich hebe den Finger an seinen Mund, als er diesen öffnet. »Nein, kein Wort!«

Er schaut mich zerknirscht an, hält aber seine Klappe. Meine Brust verengt sich. Es tut weh, ihn so zu sehen. So verletzlich, so verzweifelt. Art ist in diesem Moment so gar nicht er selbst. Nicht der vorlaute Punk, der sich von niemandem etwas bieten lässt. Nicht der arrogante Idiot, der mich immer wieder piesackt und gleichzeitig so unbeschwert lachen kann, dass er andere damit ansteckt. Ich möchte diesen Art zurückhaben, keinen anderen.

»Bitte sieh mich nicht so an!« Art schaut beschämt weg. Auch ich zwinge mich dazu, ihn nicht zu betrachten, als hätte ich Mitleid mit ihm, denn das habe ich nicht – jedenfalls nicht direkt. Ich weiß, was ich tun kann, um sein Leben zu retten, aber bin ich auch bereit dazu? Könnte ich mich dazu überwinden, ihm eines meiner größten Geheimnisse zu offenbaren und ihn in eine Welt hineinzuziehen, aus der es kein Entrinnen gibt? Kein Zurück?

Ich schüttle innerlich meinen Kopf. Was frage ich mich da überhaupt? Ich muss bereit sein, sonst stirbt er. Sonst wird es in meinem Leben bald keinen Art mehr geben, der mit mir die Nächte durchmacht, uns in Schwierigkeiten bringt, mich gelegentlich beleidigt, aber auch immer wieder auf diese rotzfreche Weise angrinst, als könnte uns die Welt nichts anhaben.

»Sorry! Ich wollte nicht, dass du dich wegen mir unwohl fühlst. Aber hör mir zu, Art.« Ich beuge mich zu ihm hinunter und berühre ihn an beiden Schultern. »Geh nach Hause und ruh dich aus! Ich verspreche dir, dass ich eine Lösung finden werde, und sobald das der Fall ist, melde ich mich bei dir. Okay?«

Art zieht seine Stirn kraus. »Es gibt keine Lösung. Ich werde sterben.«

»Nein, ich weigere mich, das zu glauben!«, fauche ich ihn an. »Mach einmal in deinem Leben, was ich sage, und schreib mir, sobald du daheim angekommen bist! Bitte!«

Beim letzten Wort horcht er auf, gibt jedoch keinen Kommentar dazu ab, sondern schaut bloß mit müdem Blick zu mir hoch. »Ausnahmsweise ...«

Als er aufsteht, trete ich zur Seite und gebe ihm etwas Raum. Er packt sein Skateboard, etwas schwankend, aber er findet sein Gleichgewicht rasch.

»Dann frag' ich Tim, ob ich mir sein Handy leihen darf«, krächzt er und linst wie ein geschlagener Hund zu mir herüber.

Wenn ich könnte, würde ich ihm jetzt schon seine Schmerzen und Ängste nehmen, aber das kann ich nicht. Doch ich weiß genau, was zu tun ist. Dafür darf ich nur keine Zeit verlieren.

»Gut! Bis später, Art. Fahr vorsichtig!«

»Immer.« Und da – trotz allem – sehe ich ihn lächeln, bevor er auf seinem Skateboard davonrollt.

3

Sobald Art aus meinem Sichtfeld verschwindet, fische ich mein zerschlagenes Nokia 1011 aus der linken Hosentasche und tippe eine SMS in die Tasten.

Hi Bob, alles klar? Kannst du mich
beim Tower Hill Memorial abholen?

Ich sende die Nachricht, packe es weg und skate los zum erwähnten Treffpunkt. Mein Blick bleibt nur kurz am *Tower of London* hängen, bevor ich mich wieder auf den Gehweg konzentriere, um niemanden umzufahren. Noch mehr Ärger brauche ich jetzt wirklich nicht.

Es ist eine ruhige Nacht. Natürlich schwirren die üblichen, dunklen Gestalten umher, aber sie hegen keine bösen Absichten. Die Straßen sind ebenfalls mäßig befahren, was mir zugutekommt. Kaum bin ich beim *Tower Hill Memorial*, hält auch schon eine schwarze Limousine am Straßenrand. Die Fahrerseite öffnet sich und heraus tritt ein breitschultriger

Mann mit Glatze und dunkelbrauner Haut. Er streicht sein feines, schwarzes Jackett glatt, während er um die Motorhaube herumgeht, zur Beifahrertür, um mir diese zu öffnen.

Mit einem respektvollen Nicken begrüßt er mich. »Guten Abend Mr O'Connel.«

Ich lächle ihm ein bisschen verlegen zu, da ich es absolut nicht leiden kann, wenn mich jemand mit Nachnamen anspricht – schon gar nicht diejenigen, die mir eigentlich näher stehen als die restliche Menschheit –, aber ich belasse es bei einem: »Hi Bob.«

Mit Schwung steige ich ein und Bob schließt die Tür, sobald ich mich ordentlich hingesetzt und angeschnallt habe. Auch er hockt bald wieder auf seinem Platz und tritt aufs Gaspedal, wobei er sich leider an die vorgegebene Geschwindigkeitsbegrenzung hält.

»Wohin soll ich Sie bringen, Mr O'Connel?«, fragt Bob nach – ganz nach der Etikette eines Fahrers. Eigentlich habe ich ihm schon seit Jahren das Du angeboten, aber er meint, er fühle sich wohler, wenn er mich siezt. Na ja, immerhin einer von uns. Aber es ist Bob. Ich kann ihm nicht böse sein. Dafür verstehen wir uns zu gut.

»Bitte zu Seamus. Ich muss etwas mit ihm besprechen«, entgegne ich, während ich die Straße vor uns betrachte. »Wie war deine Fahrt hierher?«

»Ruhig.«

»Cool.«

Betretenes Schweigen. Bob war noch nie der gesprächige Typ, aber die Atmosphäre mit ihm ist immer sehr angenehm.

»Keine auffälligen Autos auf der Straße, die auf Vampirjäger hindeuten könnten?«, hake ich trotzdem nach. Es ist nie verkehrt, sich über die momentanen Aktivitäten der Vampirjägergruppierungen zu informieren.

»Nicht, dass es mir aufgefallen wäre«, erwidert er knapp. Als er an einer roten Ampel anhält, linst er kurz zu mir herüber, bevor sein Blick wieder zur Straße zurück schweift. »Ich drücke Ihnen die Daumen für das Gespräch mit dem Prinzen. Sie schaffen das.«

Ich lächle, immer wieder überrascht darüber, wie Bob mir mit kleinen Gesten versucht zu helfen.

»Danke, Bob. Das schätze ich sehr.«

»Nichts zu danken.« Seine Miene bleibt kühl, aber ich könnte schwören, dass sein linker Mundwinkel kurz nach oben zuckt.

Wieder schweigen wir uns an, doch dieses Mal empfinde ich es als durchaus angenehm und schließe sogar für einen Moment die Augen, um mich geistig auf das Treffen mit Seamus vorzubereiten.

Ich sehe ihn zwar regelmäßig und habe nichts von ihm zu befürchten, aber eigentlich verachte ich ihn zutiefst. Trotzdem kann ich nichts gegen ihn, meinen Erschaffer, ausrichten, denn er ist der Prinz, der Vampirlord, der über diese Stadt herrscht. London gehört zu seinem Herrschaftsgebiet und er besitzt die Macht, Gesetze zu erlassen, über das Schicksal der Vampire zu bestimmen, die hier wohnen, und vieles mehr. Ich kann mir gar nicht vorstellen, wie weit seine Macht reicht, aber ich weiß, dass man sich besser nicht mit ihm anlegt. Zu was er fähig ist, habe ich früher oft genug gesehen. Aber heute kann ich mich nicht davor drücken, ihn freiwillig aufzusuchen. Wenn ich meinen Plan umsetzen möchte, muss ich mich einem Gespräch mit ihm stellen. Ich bin so in meine Gedanken vertieft, dass ich nur am Rande mitbekomme, wie Bob den Wagen parkt und den Motor abschaltet.

»Wir sind da«, informiert mich Bob, da ich keinerlei Anstalten mache, auszusteigen. Es dauert noch zwei weitere Sekunden, bis ich tatsächlich aus meinen Überlegungen auftauche und ihn anblinzele. »Soll ich Sie begleiten?«

»Nah, schon gut, Bob. Ich schaff' das schon.« Ich zucke die Achseln und schaue zu ihm. »Deine Worte.«

Mit einem höflichen Lächeln steigt er aus, geht zügig ums Auto herum und öffnet mir die Tür. »Viel Glück, Mr O'Connel!«

»Kann ich definitiv gebrauchen.« Mit dem Skateboard unter dem linken Arm trotte ich durch die Parkgarage zur Tür, die über einen Treppenaufgang direkt in die Eingangshalle von Seamus' Anwesen führt. »Bye Bob.« Ohne mich noch mal umzudrehen, winke ich ihm zum Abschied zu, bevor ich mit derselben Hand die Türklinke nach unten drücke.

Vivaldis Klänge der *Vier Jahreszeiten* legen sich über mich, als ich die Eingangshalle betrete. Nicht zu laut, aber trotzdem aufdringlich genug, um die Melodie sofort wahrzunehmen. Ich schlendere über den fein polierten Parkettboden auf die weitläufige Treppe zu, wo ich meine dreckigen Schuhsohlen demonstrativ an dem teuren, roten Teppich abstreife und mein Skateboard gegen das Treppengeländer lehne. Noch bevor ich mich gänzlich davon abwende, kippt es unvermittelt um und schlägt mit der Kante eine fiese Kerbe ins Holz, aber ich tue es mit einem Schulterzucken ab. Als ich aber die Stufen hinaufsteige und mir eine Bedienstete – eine elegant gekleidete, blonde Menschenfrau – entgegenkommt, tut mir meine Unachtsamkeit doch ein wenig leid. Mein Krach muss sie hergelockt haben. Sie bleibt auf derselben Stufe stehen, auf der ich einen Moment innehalte.

»Willkommen zurück, Mr O'Connel. Kann ich etwas für Sie tun?«, begrüßt sie mich respektvoll, doch ihre Augen sind leer, als hätte jemand sie zu oft verstört und dabei ihren Geist zerbrochen.

»Schon in Ordnung«, erwidere ich stirnrunzelnd. »Ich brauche nichts, Ms ...?«

»Claudette. Ms Claudette«, entgegnet sie mir rasch und blinzelt zweimal. Ihr Name sagt mir nichts. Teilweise tauscht Seamus seine Bediensteten öfter aus, als er sein Bettlaken auswechseln lässt – und auch das wird ja bereits einmal die Woche ersetzt.

Vorsichtig trete ich näher zu ihr heran und zupfe ganz leicht an ihrem Kragen, um mir ihren Hals anzusehen. Wie ich es vermute, finde ich Bissspuren. Wahrscheinlich von Seamus. Obwohl ich sie kurz mit meinem Finger touchiere, zuckt sie nicht zusammen, sondern hält stattdessen nur für einen Wimpernschlag die Luft an.

»Ms Claudette. Ruhen Sie sich aus! Es wird sich später jemand anderes um meinen Dreck kümmern.« Ich selbst, wenn mir keiner der anderen Bediensteten zuvorkommt.

»Wie Sie wünschen, Mr O'Connel.« Auf der Stufe macht sie kehrt und stöckelt durch den Gang zurück, durch den sie hergekommen ist.

Ein beklemmendes Gefühl schnürt mir immer mehr die Brust zu, je näher ich zu der pompösen Flügeltür am Ende des Ganges herantrete. Davor halte ich kurz inne, atme durch – einmal, zweimal, dreimal –, bevor ich mir einen Ruck gebe und sie aufstoße. Sofort kommt mir der Duft von frischem Blut entgegen, erschlägt mich dabei regelrecht mit seiner Intensität. Ich halte die Luft an.

Der Saal ist in ein dunkles, gelbes Licht getaucht, beleuchtet von Dutzenden Kerzen, die überall verteilt auf ihren vergoldeten Ständern stehen. Der Raum ist leer bis auf wenige Beistelltischchen und einige Liegen. Und natürlich einem übertrieben edlen Thronsessel. Ja, mein Erschaffer ist so einer. Er liebt es, in seinem ›Königsstuhl‹ zu sitzen und allen unter ihm seine

Erhabenheit unter die Nase zu reiben. Allerdings hat er es sich heute auf einer der mit Samt bezogenen Liegen zur rechten Seite des Saals gemütlich gemacht. Mir wird fast schlecht von den schmatzenden und schlürfenden Geräuschen, die ich von dort höre, aber ich reiße mich zusammen, um mich nicht durch so etwas Schlichtes von meinem Plan abbringen zu lassen. Ich tue es für Art, um sein Leben zu retten. Um ihm ein neues mit unendlich vielen Möglichkeiten zu schenken.

Als ich knapp drei Meter vor Seamus zum Stehen komme, hat er bereits einem weiteren Opfer in die Schultern gebissen, während das vorherige bereits von einer Bediensteten versorgt wird. Die meisten Opfer tragen schlichte, aus der Mode geratene Kleidung und Masken, die ihre Identität verschleiern, aber ich weiß, dass diese hauptsächlich dazu dienen, ihnen Sicherheit zu geben. Denn wenn sich ein Opfer fürchtet, nimmt das Blut einen säuerlichen Geschmack an. Auch der junge Mann, der gerade stillhält, verbirgt sein Gesicht unter einer venezianischen Halbmaske und linst mit seinen hellgrünen Augen zu mir herüber. Sein dunkelviolettes Hemd rutscht noch etwas weiter bis zur Mitte seines Oberarms, aber er verharrt mit leicht geöffnetem Mund in seiner Position.

Ich räuspere mich, doch Seamus gräbt seine Finger noch tiefer ins zusammengebundene Kupferhaar und tut sich weiterhin gütlich am Blut des Menschen. Er stöhnt gar auf, als würde er damit mein Räuspern überspielen wollen. Doch das lasse ich mir nicht bieten.

»Seamus«, erhebe ich meine Stimme, halte meinen Blick starr auf ihn gerichtet. Irgendwann wird er mich beachten, da ich durchaus noch mehr Strategien kenne, um die gewünschte Aufmerksamkeit zu erlangen. Das ist ihm auch vollkommen bewusst. Er löst sich mit einem genüsslichen Schmatzen von

der mit Sommersprossen übersäten Schulter des jungen Mannes, leckt sich die Lippen und öffnet dann endlich seine Augen. Sein Blick trifft mich direkt, ohne dass seine geweiteten Pupillen überhaupt nach mir suchen müssen.

»Ihr dürft gehen«, befiehlt er den beiden Männern ruhig, woraufhin sich diese sofort erheben und zügig, wenn auch auf zittrigen Beinen, aus dem Saal wanken. Stirnrunzelnd schaue ich ihnen hinterher, widme mich dann aber rasch wieder Seamus.

»Mit welcher Begründung ehrst du mich mit deinem Besuch, Sean?« Aus der Brusttasche seiner Brokatweste zaubert er ein Stofftaschentuch hervor, mit dem er sich die letzten Blutreste aus den Mundwinkeln wischt. »Ich hätte dich gern gefragt, ob du dich zu mir gesellen und an meinem Mahl teilhaben möchtest, aber du ziehst es schließlich vor, deinen Hunger mit abgestandenem Blut zu stillen.«

»Was auch immer«, erwidere ich distanziert und stecke meine Hände in die Hosentaschen. Glücklicherweise besitze ich genug Selbstkontrolle, um beim Geruch von frischem Blut nicht gleich in Raserei zu verfallen, aber selbst ich muss zugeben, dass mir bei dem Duft, der in der Luft hängt, das Wasser im Mund zusammenläuft. Mein Magen zieht sich schmerzlich zusammen und meine Kehle trocknet aus. Jedoch beachte ich es nicht weiter. »Ich habe ein Anliegen, wofür nur du mir eine Zustimmung geben kannst. Ansonsten hätte ich diesbezüglich jemand anderen angesprochen und dich nicht bei deinem Mahl gestört.« Absichtlich verleihe ich dem Wort ›Mahl‹ einen zynischen Unterton und fahre dann ohne Umschweife fort. »Es gibt da jemanden, den ich verwandeln möchte. Einen jungen Mann um die fünfundzwanzig und ...«

Jetzt zögere ich doch, zu erwähnen, dass Art schwer krank ist. Für gewöhnlich ist das kein Argument, das Seamus als Grund zählen lässt, um ein langjähriges Vampirerschaffungsverbot zu hintergehen, aber was soll ich ihm sonst mitteilen? Obdachlos, rebellisch, stur, einer gesellschaftlichen Randgruppe angehörig – das sind alles keine guten Adjektive, um sie Seamus wissen zu lassen.

Nach einem Räuspern entscheide ich mich demnach für Ersteres. »Und er ist todkrank. Leider ist es mir nicht möglich, zu sagen, wie lange er noch zu leben hat.« Wochen oder gar Tage. Allein beim Gedanken daran fährt mir ein eiskalter Schauer über den Rücken. In Seamus' Gegenwart lasse ich aber keinerlei Emotionen durchsickern.

Dieser reckt und streckt sich auf der Liege, ohne dass er seinen Blick auch nur einen Moment von mir abwendet. Er mustert mich, lächelt dabei so unbescholten, als könne er niemandem etwas zuleide tun. Mit einer eleganten Geste streicht er sich eine schwarze Strähne seiner schulterlangen Haare hinters Ohr. »Schwer krank, erwähntest du? Normalerweise würde dies nicht als Rechtfertigung ausreichen, um einen neuen Vampir zu erschaffen. Dessen bist dir doch sehr wohl bewusst, nicht wahr, Sean?«

Darauf gebe ich ihm keine Antwort, sondern warte ab, was er weiterhin zu sagen hat. Mein Schweigen scheint ihm Erwiderung genug zu sein, denn er seufzt auf und lehnt sich, auf beide Hände gestützt, nach hinten, lässt mit seinem Blick nicht von mir ab.

»Andererseits warte ich bereits seit über einem Jahrhundert darauf, dass du deinen ersten Vampir erschaffst. Eine solche Gelegenheit wegen eines zeitlich beschränkten Verbotes verstreichen zu lassen, wäre eine Schande.« Er mustert mich prüfend und grinst dabei noch breiter.

»Ich kann dich nur darum bitten, Seamus.« Es graut mich davor, was ich da gerade von mir gegeben habe. Ich bitte ihn um etwas. So weit ist es also nach über 250 Jahren mit mir gekommen.

Seamus' Augen weiten sich. »Du bittest mich darum? Dieser Mensch muss dir tatsächlich sehr viel bedeuten, wenn du derlei Worte verwendest. Nun denn, ich will nicht so sein. Du hast es dir redlich verdient. Ich leite alles in die Wege und achte als Prinz von London darauf, dass diese kleine Ausnahme nicht – wie lautet dieses Sprichwort? – an die große Glocke gehängt wird. Nur dein engster Kreis an Vertrauten soll davon erfahren.«

»Natürlich«, erwidere ich und atme erleichtert auf. »Vielen Dank, Seamus. Ich hatte ohnehin nicht vor, es zu viele wissen zu lassen.«

»So ist es besser. Die Vampirjäger agieren seit Anfang dieses Jahres radikaler als jemals zuvor in ihrer Vorgehensweise. Führe die Verwandlung rasch und im Geheimen aus, damit du ihnen keinen Anhaltspunkt gibst, eine Hetzjagd auf dich anzusetzen.«

Mir wird übel von so viel heuchlerischer Sorge, aber ich spiele mit. In solcherlei Angelegenheiten ist es besser, ihn nicht gegen mich aufzubringen. »In Ordnung.«

»Wann wirst du den Menschen beißen?«, hakt er nach und klingt dabei viel zu fasziniert.

»Sobald wie möglich. Wenn ich alles zusammenkriege, vielleicht schon heute.«

Schweigen folgt. Ich habe mich bedankt, mich ihm gegenüber nicht unhöflich geäußert – das muss wohl so reichen. Also drehe ich mich langsam nach rechts, zurück zur Tür, durch die ich den Saal betreten habe.

»Sean.«

Ich halte inne und schaue über die linke Schulter zu ihm zurück. »Ja? Hast du etwa noch einen Auftrag für mich?«

Seamus lacht auf. »Nein, das nicht. Du wirst dich während der nächsten Wochen um nichts anderes kümmern als um dein Vampirkind. Ich wollte dir alles Gute wünschen. Erwarte eine kleine Aufmerksamkeit von mir.«

»Das wird nicht notwendig sein«, erwidere ich, vielleicht etwas zu schnell, aber es ist sowieso schon zu spät, um die Worte zurückzunehmen.

»Ich bestehe darauf. Du weißt, dass meine Untergebenen überaus vorsichtig mit Lieferungen vorgehen. Sorge dich also nicht darum, dass du auf derlei Weise entdeckt werden könntest.«

Seine Worte ergeben durchaus Sinn, doch darauf habe ich gar nicht angespielt. Ich möchte ihm nur nicht das Gefühl vermitteln, ihm noch etwas schuldig zu sein. Wobei ich das trotzdem sein werde – allein schon wegen seiner Zustimmung.

»Danke«, presse ich ein weiteres Mal hervor, verlasse dann aber, ohne zu zögern, den Saal, damit ich nicht noch länger seine Gegenwart ertragen muss.

4

Mit knurrendem Magen erreiche ich die Garage, fluche leise vor mich hin und habe das Bedürfnis, irgendwo dagegen zu treten. Als ich aber Bob erblicke, der geduldig neben seinem Wagen steht und mich mit einem freundlichen Nicken empfängt, verfliegt mein Ärger etwas.

»Verfluchte Scheiße, Bob! Jetzt bin ich echt froh, dass ich dich nicht schon weggeschickt habe. Der ist einfach nicht auszuhalten mit seinem heuchlerischen Gehabe. Einfach zum Kotzen!«, lasse ich es raus und folge Bob zur Beifahrertür. »Aber hey, ich habe, was ich brauche, also können wir gleich wieder von hier verduften.«

»Sicher, Mr O'Connel«, erwidert er, gewissenhaft wie immer, und schließt die Autotür hinter mir, um dann selbst auf der anderen Seite einzusteigen. »Wohin soll ich Sie bringen?«

»Zum Laden *A Smith for Everything*. Rachel kann mir sicher mit dem größten Teil aushelfen, den ich besorgen muss.« Ich tippe mit den Fingern gegen das Skateboard, das ich natürlich nicht in Seamus' Anwesen vergessen habe, und merke, wie sich die Nervosität in mir ausbreitet wie ein langsam wirkendes Gift. Mir entgeht der kurze Seitenblick von Bob keineswegs, ehe er den Motor startet und aus der Garage fährt.

Vor einem unscheinbaren, grauen Betongebäude an der *Turner Street* parkt er sein Auto, doch noch während der Motor brummt, öffne ich die Tür und steige aus. Ohne Mühe lande ich sicher auf beiden Beinen, nutze dabei den Schwung, um die Stufen zur Eingangstür hochzueilen und dann gleich anzuklopfen. Hinter dem dicken Holz ist nichts zu hören, als wäre das Lokal verlassen, aber ich weiß, dass sie da ist, weil sie einen dünnen, roten Faden mit einem Schleifchen um den Türknauf gebunden hat. Ein offizielles Ladenschild hätte bloß die falsche Art von Kundschaft angezogen. Also hält sie es dezent mit einer kleinen Metalltafel zur linken Seite des Türrahmens mit der Inschrift *A Smith for Everything*.

Ich poltere ein weiteres Mal gegen den Eingang, und noch bevor ich damit aufhöre, öffnet Rachel die Tür. Allerdings nickt sie mir nur ganz knapp zu, denn sie ist noch mitten in ein Gespräch an ihrem Handy vertieft. Ich folge ihr hinein, vergesse jedoch nicht, die Tür hinter mir zu schließen. Der Gestank von Desinfektionsmittel schlägt über mir zusammen wie eine Wand und brennt mir sofort in der Nase. Ich blinzle die Tränen aus den Augen, während mein Blick umherschweift, um jede noch so kleine Veränderung im dunkelblauen Neonlicht wahrzunehmen. Da sind jedoch kaum welche, denn Rachel ist peinlich genau, was die Ordnung in ihrem Laden betrifft. Jeder Artikel, den sie anbietet, besitzt seinen eindeutigen Platz.

Mittlerweile hat sie sich wieder an den Schreibtisch am anderen Ende des Raumes gesetzt – mit dem Handy zwischen Ohr und Schulter eingeklemmt – und hämmert im Zweifingersystem auf die Tastatur ein. Sie schaut nochmals zu mir, hebt kurz ihren Finger und ich nicke ihr zu. Ein paar Minuten werde ich für sie entbehren können, auch wenn die wachsende Ungeduld an meinen Nerven nagt. Um mich davon abzulenken, schlendere ich durch den Raum, betrachte erst die Regale zu meiner linken, dann zu meiner rechten Seite, ohne mich tatsächlich darauf zu konzentrieren, was ich sehe. Dann schaue ich wieder zurück nach links. Vor einer beleuchteten Glasbox verharre ich und beäuge die mit braunrotem Blut aufgezogenen Spritzen, die dank einer Halterung senkrecht stehen. Seufzend tippe ich mit dem Finger gegen die Scheibe. Davon werde ich wohl oder übel ebenfalls einige besorgen müssen. Schließlich hab ich keinen blassen Schimmer, wie sich Art verhalten wird, sobald er sich verändert. Besser, ich gehe auf Nummer sicher.

Aus dem Nichts spüre ich einen Lufthauch hinter mir, als Rachel zu mir herüberhuscht. Den Anruf beendet sie mit einem piepsenden Tastengeräusch, starrt mich dabei durch die Spiegelung der Scheibe direkt an.

»Guten Abend Mr O'Connel. Entschuldigen Sie meine Unhöflichkeit, aber leider war das ein Anruf von höchster Dringlichkeit.« Während sie mit mir spricht, streicht sie sich die langen, rostbraunen Haare zurück und bindet sie zu einem strengen Pferdeschwanz zusammen. Dabei spitzt sie ihre mattroten Lippen. »Was kann ich für Sie tun?«

»Keine Sorge! Dafür reiße ich dir nicht gleich den Kopf ab, aber das weißt du ja.« Ich winke schmunzelnd ab, doch ihre Miene bleibt unberührt. Davon unbeirrt fahre ich fort. »Was hat es damit genau auf sich? Ich meine, was ist an diesem Blut so besonders?«

»Dieses Produkt ist von einwandfreier Qualität. Die neue Formel erlaubt es Ihnen, das Blut ungekühlt aufzubewahren, ohne dass es an Wirkung verliert. Ich habe mich selbst vom

Zustand der Leichen überzeugt, ehe ich ihnen das Blut abgenommen habe«, rattert sie herunter, ganz die pragmatische Geschäftsfrau, die sie ist. »Es wirkt umgehend, sobald es dem Zielobjekt verabreicht wurde, und setzt den Vampir für mindestens zwei Stunden außer Gefecht.«

»Jeden Vampir?«, frage ich nach und verdiene mir dafür eine hochgezogene Augenbraue.

»Die Wirkung nimmt exponentiell zum Alter des Vampirs ab, aber bei jüngeren – das heißt, unter 50 Jahren – zeigt das Präparat seine volle Wirkung.«

Nachdenklich wäge ich ab, wie viele ich davon brauche. Eine? Zwei? »Ich hätte gerne drei Stück davon.«

»Wie es Ihnen beliebt.« Sie setzt ihre Fingerspitzen an der linken Außenkante an und schiebt das Glas nach rechts. Ein kühler Zug weht mir entgegen, während sie drei Spritzen aus der Glasbox entnimmt. »Darf es sonst noch etwas sein?«

»Tatsächlich ja«, erwidere ich in gleichgültigerem Ton als zuvor, da an ihr ohnehin alles abprallt wie an der Wand einer Gummizelle. »Ich benötige Blutkonserven.«

Beim Stichwort Blutkonserven horcht sie auf und streckt ihre rechte Hand aus. Etwas verkniffen schaue ich diese an, begegne dann wieder ihrem Blick. »Das ist das Problem. Meine Konservenkarte nützt mir nichts. Ich brauche mehr als drei. Sagen wir, es beläuft sich eher auf das Zehnfache.«

»Ich bezweifle, dass ich Ihnen erklären muss, dass ich Ihnen nicht so viele geben kann. Drei ist das absolute Maximum pro Nacht.« Das erinnert mich daran, dass mein eigener kleiner Vorrat auch langsam zur Neige geht, aber darum kümmere ich mich später.

»Das stimmt. Normalerweise würde ich dich auch nicht darum bitten, aber es ist dringend. Eine Ausnahme, sozusagen«, rede ich um den heißen Brei herum. Allerdings fällt mir auf, wie ihre gleichgültige Maske allmählich auftaut und eine gewisse Neugier in ihre Augen tritt.

»Weiß der Prinz darüber Bescheid?«

»Ja.«

»Ich möchte Ihnen nicht zu nahe treten und trotzdem möchte ich mich gerne selbst davon überzeugen.«

Knurrend gebe ich mich geschlagen. Für den Moment.

»Wenn es denn sein muss.« Sie ist nicht immer so – wie soll ich es nennen? – misstrauisch und kühl mir gegenüber, sondern nur, wenn sie kaum Zeit findet, etwas zu sich zu nehmen. Ich halte ihr dieses Verhalten also nicht vor, schaue stattdessen darüber hinweg. Für Art.

Erneut hängt sie an ihrem Telefon und lässt sich direkt mit Seamus verbinden. Doch es dauert keine Minute, bis sie das Gespräch wieder beendet und auflegt. »Der Prinz bestätigt Ihre Aussage«, meint sie knapp.

»Es ist ja nicht so, als hätte mein Wort gereicht«, entgegne ich zynisch, aber belasse es bei dieser spitzen Bemerkung. Sie macht ja nur ihren Job und ist darin ein absoluter Profi. »Ein robustes Seil mit mindestens fünf Metern Länge und zwei Handschellen kannst du auch gleich zu meiner Bestellung hinzufügen. Wenn es sein muss, auch mit Aufpreis, weil ich das alles heute Nacht noch brauche.«

Sie eilt zu ihrem PC, klickt auf ihrer Maus herum und scheint etwas nachzuschauen. »Reicht es, wenn Sie Ihre Lieferung in drei Stunden erhalten?«

Ich nicke ihr zu. »Diskret, bitte!«

»Natürlich.« Sie tippt noch etwas ein, bevor sie sich erhebt und mit ihrer Hand zur Tür weist. »Immer wieder schön, mit Ihnen Geschäfte zu machen. Die Rechnung lege ich Ihrer Bestellung bei. Noch eine gute Nacht.«

»Gute Nacht«, erwidere ich ihre Verabschiedung, wende mich auch schon zum Ausgang, als plötzlich mein Nokia anfängt zu vibrieren. Augenrollend hole ich es hervor und schaue drauf, stutze aber, als eine unbekannte Nummer darauf erscheint. Wer will denn um diese Uhrzeit etwas von mir?

»Hier ist Sean.«

»Sean, Mann! Bin ich froh, dass ich dich erreich'!« Timothys atemlose Stimme versetzt mich sofort in höchste Alarmbereitschaft.

»Was ist los? Ist etwas passiert?«

»Es geht um Art.« Wieder versucht Timothy, zu Atem zu kommen, und zieht die Pause so stark in die Länge, dass es mich fast zerreißt.

»Was ist mit ihm?«, hake ich ungeduldig nach und schließe Rachels Ladentür hinter mir. Obwohl mich draußen die angenehme Herbstkühle empfängt, drehen sich meine Gedanken wie wild im Kreis. »Timothy! Sag schon!«

»Er is' im Krankenhaus.«

»Was? Warum?« Muss ich ihm denn alles aus der Nase ziehen? Sonst ist er immer der Gesprächigste von uns dreien.

»Er hat geblutet, aus dem Mund und aus der Nase – Mann, war das gruselig. Und dann ist er einfach umgekippt. Ich hab gedacht, er stirbt.« Ich höre, wie er am anderen Ende der Leitung ins Telefon schnieft. »Es war schrecklich.«

Mir sackt das Herz nach unten. Seine Worte machen mir schmerzlich bewusst, wie wenig Zeit Art noch bleibt. Nichts da mit Monaten. Nichts da mit Wochen. Tage oder gar Stunden. Mehr nicht. Panik steigt in mir auf, doch ich zwinge mich dazu, einen kühlen Kopf zu bewahren und dem einzig vernünftigen Weg zu folgen. »In welchem Krankenhaus finde ich ihn?«

Timothy schluchzt leise vor sich hin, reißt sich dann allerdings zusammen. »Im *St. Bartholomew's Hospital*, aber Mann, die lassen dich da nicht rein. Ich hab's versucht, aber sie meinten, wenn ich nicht zur Familie gehöre, hab ich mich an die Besuchszeiten zu halten.«

»Lass das meine Sorge sein! Ich kümmere mich um alles.«

»Okay«, flüstert Timothy ins Telefon.

»Bye, Tim«, verabschiede ich mich, warte aber nicht auf seine Antwort, sondern drücke ihn gleich weg. Ich fühle mich, als würde ich vom Gewicht der Welt erschlagen werden, und kämpfe gegen den erdrückenden Klumpen in meiner Brust an. Nun ist tatsächlich Eile geboten. Mir bleibt keine Zeit, alles nochmals zu überdenken, Alternativen durchzugehen, obwohl ich ja ohnehin von Anfang an nur an eine Verwandlung gedacht habe.

»Bob!« Ich gleite regelrecht die Treppenstufen vor Rachels Laden hinab, direkt auf ihn zu. Wie immer steht er mit verschränkten Armen geduldig neben seinem Auto.

»Ja, Mr O'Connel?«

»Bring mich bitte sofort ins *St. Bartholomew's Hospital*!«

Er nickt mir wortlos zu.

5

»Aber ich muss zu ihm!«, schnauze ich der Krankenpflegerin an der Rezeption entgegen und haue auf die steinerne Thekenfläche. »Es ist dringend!«

Mitfühlend lächelt sie mich an. »Es tut mir leid, Mr O'Connel, aber leider darf ich außerhalb der Besuchszeiten niemanden außer Familienmitglieder zu ihm lassen.«

»Meinen Sie, das weiß ich nicht? Trotzdem braucht er mich, und zwar jetzt. Er hat keine sogenannte Blutsfamilie mehr, die sich um sein Wohl schert.« Ein leises Knurren entweicht mir, sodass sich ihre Augen kurz vor Schreck weiten und sie zusammenzuckt. Doch sie schüttelt den Kopf, fängt sich erstaunlich schnell wieder.

»Ich kann nicht. Es wäre gegen die Vorschriften«, erklärt sie mir. Sie friemelt verunsichert am Ärmel ihrer weißen Krankenpflegeruniform herum und versucht, ihren Blick von mir abzuwenden, doch ich halte diesen ganz bewusst gefangen.

»Scheiß auf die Vorschriften!« Ich senke meine Stimme und konzentriere mich auf die Farbe ihrer Augen. Aus dem dunklen

Braun heben sich leicht grünliche Akzente ab, die verschwinden, als sich ihre Pupillen weiten. Es kostet mich keine Mühe, ihren Willen etwas zu beugen, um ihr meinen aufzuzwingen. »Sie bringen mich jetzt, ohne Aufsehen zu erregen, zu ihm, und teilen ihren Mitarbeitenden mit, dass ich zu Arthurs Familie gehöre. Verstanden?«

Sie nickt langsam, während sie mich unentwegt anstarrt. Etwas steif stakst sie hinter der Rezeption hervor. »Folgen Sie mir bitte, Mr O'Connel! Ich bringe Sie zu Arthur Doyles Zimmer.«

Bei jeder anderen Gelegenheit hätte ich bei der Erwähnung von Arts vollem Namen geschmunzelt – nur zu diesem Zeitpunkt nicht. Sobald es ihm besser geht, werde ich es ihm bestimmt wieder unter die Nase reiben. Sobald ich ihn vor dem Tod bewahrt habe, können wir herumalbern, so viel wir wollen. Uns gegenseitig ärgern, aber auch füreinander da sein.

Die Krankenpflegerin führt mich zum Fahrstuhl. Wir steigen ein und ich höre diese lächerliche Musik, die gefühlt in jedem Aufzug läuft – sicherlich, um die Leute, die zu faul zum Treppensteigen sind, in den Wahnsinn zu treiben. In der dritten Etage bleibt er stehen, ruckelt kurz, bevor sich die Türen automatisch mit einem einzelnen hellen Glockenklang nach außen schieben. Schweigend geht sie voraus und ich folge ihr, während sich der Geruch von allerlei Krankheiten in meiner Nase festsetzt. Nichts Außergewöhnliches für mich, doch ich gebe zu, dass schon einige Jahre vergangen sind, seit ich mich zuletzt als Arzt in einem Krankenhaus aufgehalten habe. Seither hat sich enorm viel verändert und die Medizin ist ein ganzes Stück vorangekommen.

»Hier.« Die Krankenpflegerin hält unvermittelt inne und zeigt mit einer Hand auf einen Raum mit der Nummer 325. »Mr Doyle wurde für den Moment in dieses Zimmer verlegt, da er absolute Ruhe braucht. Sie sollten ihn also nicht wecken, falls er schläft.«

Den Teufel werd ich tun! »Danke. Sie dürfen gehen.« Ich werfe einen Blick auf ihr Namensschild, ehe sie sich von mir wegdreht. »Und Ms Tanner.«

Sie stockt mitten in der Bewegung.

»Ihres Wissens ist nichts Ungewöhnliches vorgefallen heute Nacht. Sie haben mich hier nie gesehen und werden mich nicht aufhalten, wenn ich Art fortbringe.«

»Ja, Mr O'Connel, es ist nichts Ungewöhnliches vorgefallen. Ich habe Sie hier nie gesehen und werde Sie nicht aufhalten, wenn Sie Mr Doyle fortbringen«, wiederholt sie beinahe Wort für Wort, bevor sie den Gang entlang verschwindet.

Ich hingegen husche leise durch die Tür ins Zimmer und schließe sie direkt hinter mir. Das regelmäßige Piepsen des Herzmonitors und das Summen des Beatmungsgeräts sind hier drin deutlich lauter, als ich sie von außen vernommen habe, und ich wundere mich, wie Art bei diesem Lärm überhaupt Schlaf finden soll.

Ich trete näher, langsam, mit verzehrender Nervosität in meinen Gliedern, während ich Art betrachte, der bewegungslos unter einer Decke auf dem Bett liegt, verkabelt, mit einem Sauerstoffschlauch an der Nase. Im fahlen Licht, das durchs Fenster hereinscheint, wirkt er wie ein Geist mit seiner blassen, fast durchschimmernden Haut und die bläulich angelaufenen Lippen verpassen diesem Bild eine weitere bittere Note.

»Sean?«, haucht er schwach und neigt seinen Kopf leicht in meine Richtung. Seine sonst immer so schön nach oben aufgestellten Haare kleben unnatürlich an seiner schweißnassen Stirn.

Schweigend ziehe ich Arts Krankenakte aus dem Fach am Fußende des Bettes und lasse mich an der Kante zu seiner Linken nieder. Bei diesem kümmerlichen Anblick fehlen mir einfach die Worte.

»Was tust du hier?«, flüstert Art, blinzelt dabei mit beinahe geschlossenen Augen. »Du solltest mich so nicht sehen.«

»Stell dich nicht so an!« Ich schlucke meinen Kummer herunter, denn der nützt keinem von uns. »Du siehst echt beschissen aus.«

Mit vor Schmerz verzerrtem Gesicht lacht er schwach auf. »Danke, wie nett von dir, aber ja, ich hatte schon bessere Tage.«

»Definitiv.« Ich bin nicht gänzlich anwesend, um tatsächlich ein Gespräch mit ihm zu führen, sondern überfliege grob die Akte. Das meiste hat mir Art schon mitgeteilt, aber ich finde in der Mappe ein Dokument, das besagt, dass er in zwei Tagen – oder eben, wenn sein Zustand es zulässt – in eine palliative Station verlegt werden soll. Darunter taucht ein anderes Formular für die Entlassung entgegen ärztlichen Ratschlag auf. Art hat es bereits unterschrieben und den Entlassungstermin auf morgen früh angesetzt. Idiot! Was denkt er sich dabei?

»Wie sieht die Prognose aus?«, hakt Art nach.

Ich schnaube zynisch. »Kacke.«

»Fuck!« Er hebt die Hand an, an deren Rücken die Pfleger einen Zugang gelegt haben, um ihn an den Tropf anzuschließen, und hält sich damit die Augen zu. »Sean. Ich habe dich nicht angelogen, was die Dauer meiner restlichen Lebenszeit betrifft. Die Ärzte meinten, dass ...«

»Das kann passieren, Art. Und nein, ich bin dir deswegen nicht böse. Auch nicht, dass du es mir so lange verheimlicht hast. Ich verstehe es. Du wolltest nicht, dass ich dich mit anderen Augen ansehe«, erwidere ich in ruhigem Ton, um ihm keinen Grund zu geben, deswegen ein schlechtes Gewissen zu entwickeln.

Das Piepsen des Herzmonitors beschleunigt sich, bevor ich die salzigen Tränen rieche, die an Arts Schläfen hinunterrinnen und auf das Kissen tropfen. »Ich kann nicht mehr, Sean. Die Schmerzen, dieses ewige Hin und Her. Die Hoffnung, die sie mir dann doch wieder nehmen. Es ist alles einfach zu viel.« Ich klopfe ganz sachte auf sein angewinkeltes Knie, während ich mir den Kopf darüber zerbreche, wie ich als Nächstes vorgehe, respektive wie ich ihn hier hinausschaffe, ohne dass er mir umkippt oder dass es den Krankenpflegern auffällt. Sie alle zu manipulieren, würde zu viele Fragen für eine schnelle Flucht aufwerfen.

»Kann ich mich nicht einfach irgendwo hinlegen und sterben?« Sein Schluchzen unterbricht meinen Gedankengang.

»Sag so was nicht! Ich bin da und ich werde dir helfen. Du musst mir nur vertrauen.«

Unter seiner Hand linst er zu mir. Seine Tränen versiegen und sein Herzschlag beruhigt sich. »Ich vertraue dir.«

»Gut.« Wenigstens irgendjemand. Ich schaue mich im Raum um, erkenne in der Ecke beim weitläufigen Fenster einen Rollstuhl, den jemand präventiv da hingestellt haben muss. Zum Glück. Das macht die ganze Sache schon deutlich einfacher. Genauso auch das Beatmungsgerät, das kleiner ist als die handelsüblichen Maschinen. Wahrscheinlich hat sich der zuständige Arzt direkt für ein mobiles Pendant entschieden, um den bevorstehenden Transport zu erleichtern. Wenn meine Glückssträhne anhält, kann ja nichts schiefgehen, aber ich möchte kein Pech heraufbeschwören, indem ich mich allzu sehr in Sicherheit wiege. Vorsicht ist trotzdem mehr als angebracht. Ich stehe auf und rolle den Stuhl ohne ein Wort ans Bett.

»Sean? Was wird das?« Art beäugt mich mit einem großen Fragezeichen auf der Stirn.

»Du hast gesagt, du vertraust mir.«

»Ja?« Tausende Fragen scheinen ihn zu beschäftigen, aber ich sehe ihm an, wie er sie alle bis auf die wesentliche beiseiteschiebt und sich stattdessen vorsichtig aufrappelt. »Was soll ich tun?«

»Du setzt dich da rein und ich schieb dich raus«, erläutere ich ihm meinen grandiosen Plan, ernte seinerseits ein ungläubiges Schnauben.

»So einfach?«

»So einfach.« Er glaubt mir nicht und schweigt dennoch. »Glaubst du, sie werden dich aufhalten?«

»Nein. Morgen werde ich sowieso entlassen.«

»Ich weiß«, knurre ich missmutig und hoffe, dass er den Tadel in meiner Stimme erkennt. »Du Idiot hast dich trotz deiner prekären Lage selbst entlassen, aber egal, diese Dummheit kommt mir gerade sehr gelegen.«

Art weiß nichts Besseres zu tun, als mich frech anzugrinsen und dann die Augen zu verdrehen.

Jetzt wünsche ich mir echt, ich könnte Gedanken lesen. »Was?«

»Mir war nicht wirklich danach, mein Lebensende eingesperrt hinter kalten, hellen Wänden zu verbringen. Da beiße ich doch lieber in der hinterletzten Gasse ins Gras.«

»So was will ich nicht hören!«, fauche ich ihn an, ehe ich zum Herzmonitor eile und diesen ausschalte. Ich entferne die Pulsklemme von seinem rechten Zeigefinger, sammle mich derweil geistig, um Arts Herzschlag auch ohne Hilfsmittel wahrzunehmen. Es schlägt etwas schneller, als es eigentlich sollte, aber bei der Aufregung wundert mich das nicht.

»Okay. Jetzt kannst du deinen Arsch da reinbewegen.« Ich zeige auf den Rollstuhl, während ich gefühlt im Schneckentempo um das Bett herumgehe.

Art grinst, rutscht dann aber mit gequältem Gesichtsausdruck und ohne Kommentar an den Rand des Krankenbettes, wo ich ihm auch direkt unter den Arm greife, um ihm in den Rollstuhl zu helfen. Mittlerweile haben sich neue Schweißperlen auf seiner Stirn gebildet, sein ganzer Körper zittert, doch er hält sich wacker auf den Beinen. Sobald er sicher sitzt, befestige ich das mobile Beatmungsgerät am Rücken des Rollstuhls und löse den Tropf aus seiner Halterung, um diesen an der Lasche oben mitzutragen.

»Und was ist mit meiner Kleidung?«, reißt mich Art aus meiner Konzentration. Mehr als seine zerschlissene Hose, sein T-Shirt und seine Socken trägt er nicht. Und der Rest liegt nirgendwo im Zimmer.

Ich winke ab. »Brauchst du nicht.«

Er öffnet den Mund, um zu protestieren, schließt ihn dann jedoch wieder. Es vergehen ein paar Sekunden, bis er erneut ansetzt. »Du machst das nicht zum ersten Mal, oder? Arbeitest du in einem Krankenhaus?«

»Nein«, erwidere ich kurz angebunden, während ich prüfe, ob ich jeden Schritt durchgeführt habe, den es braucht, um Art sowohl heil als auch lebenserhaltend hier rauszukarren. Für eine Erklärung bleibt jetzt keine Zeit, aber vielleicht hole ich das irgendwann nach. »Aber sei jetzt still, sonst hört uns jemand!«

»Aye, aye, Sir!«, nimmt er mich auf die Schippe. Trotzdem entgeht mir das kurze Schweigen vor seinem Kommentar nicht.

Vielmehr als ein Schnauben entlockt er mir damit allerdings nicht. Ich nehme denselben Weg zurück, durch welchen ich hergekommen bin, achte peinlich genau darauf, den Augen jeglicher Zeugen dieses ›Raubes‹ zu entgehen. Und es klappt. Keiner entdeckt uns. Dementsprechend hält uns auch niemand auf, aber ich bleibe vorsichtig, bin gar misstrauisch gegenüber dieser Lage, da es mir schlichtweg zu simpel erscheint. Ich fühle mich beobachtet, unterdrücke jedoch das Bedürfnis, mich zu häufig umzusehen, um dadurch unnötige Aufmerksamkeit zu erregen.

Im Erdgeschoss steigen wir aus dem Fahrstuhl und ich schiebe ihn geradewegs auf die Rezeption zu, hochkonzentriert und mit pochendem Kopf.

»Sean, Sean«, flüstert Art panisch zu mir hoch. »Da vorne ist jemand!«

Ich schrecke auf und entdecke Ms Tanner, die gewissenhaft hinter der Rezeption sitzt. Erleichtert atme ich aus. »Keine Sorge! Sie wird uns nicht beachten.«

Und tatsächlich. Als wir an ihr vorbeigehen, schaut sie kurz von den Krankenakten auf, die sie gerade durchsieht. Allerdings wird ihr Blick glasig, fokussiert etwas hinter mir, als würde sie durch mich hindurchschauen. Ungerührt senkt sie ihn wieder und lässt uns ziehen.

»Ich glaub's ja nicht, dass sie uns einfach ignoriert hat. So viel Glück hat sonst niemand«, meint Art außer Atem, als wir den Eingang zum Krankenhaus hinter uns lassen.

»Doch, wir.«

Art lacht leise auf. »Das glaubst du wohl selbst nicht! Es ist ihr Job, darauf zu achten, dass nicht irgendwelche Patienten abhauen. Wie kann es also sein, dass sie uns nicht gesehen hat?«

»Hinterfrag es nicht! Es ist wohl einfach nicht ihr Tag. Da kann man schon einiges übersehen. Auch Patienten.«

Mit zusammengekniffenen Augen schaut er zu mir hoch. »Wohl kaum. Hast du deine Kontakte spielen lassen oder hast du sie bestochen?«

»So was würde ich niemals tun!«, entgegne ich ihm mit gespieltem Entsetzen, bevor ich ihn breit angrinse. Wenn er nur wüsste ...

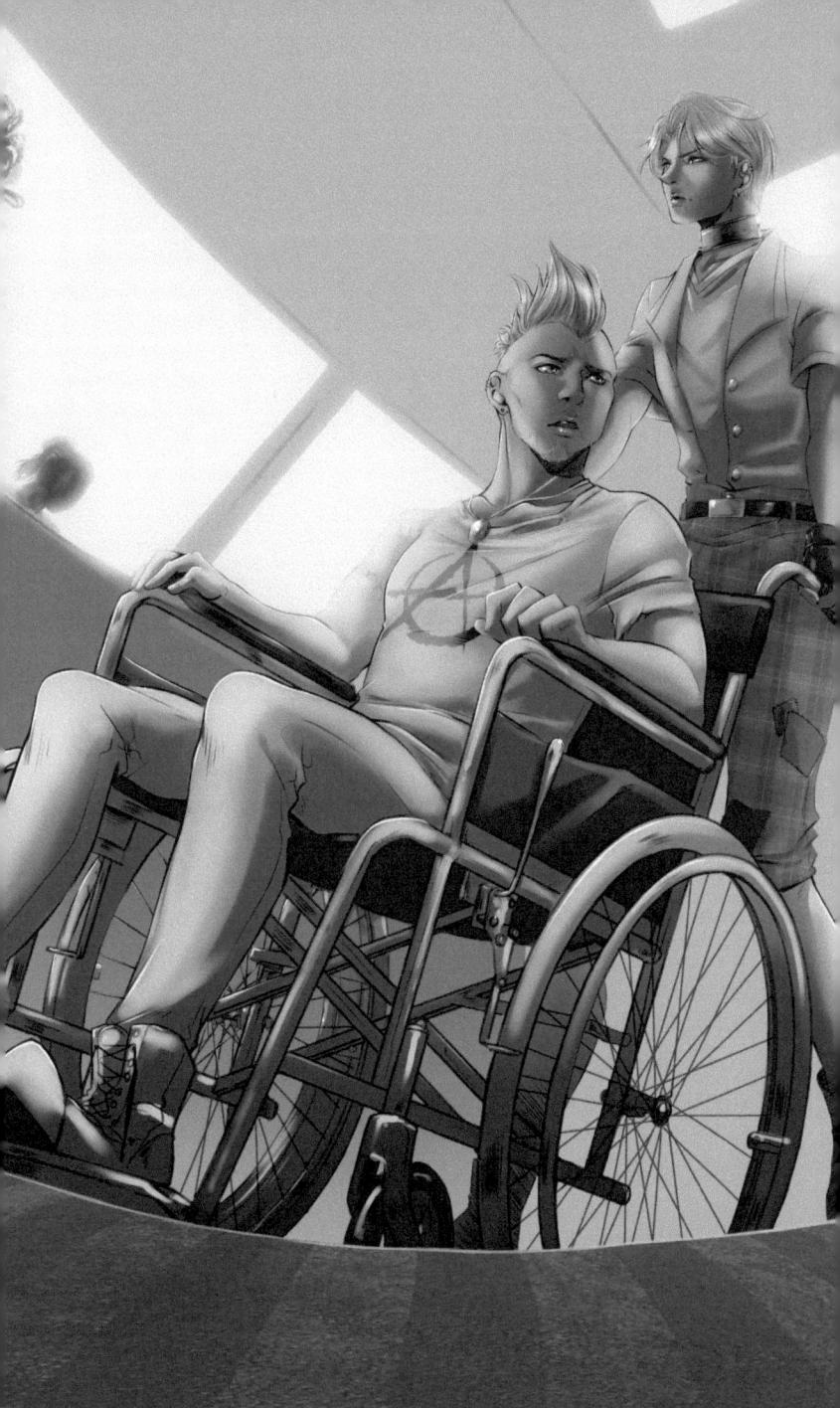

6

Art liegt mir mit seinem Misstrauen weiterhin in den Ohren, bis Bob uns bei der Krankenhauszufahrt entgegenkommt und ihm wortlos hilft, ins Auto zu steigen. Ich rutsche ebenfalls auf einen der hinteren Sitze, direkt hinter Bob, damit mir keine Veränderung von Arts Zustand entgeht. Durch die Umlagerung vom Rollstuhl auf den Autositz gerät Art sofort wieder aus der Puste und ringt trotz des Beatmungsschlauchs in seiner Nase röchelnd nach Luft.

»Du pfeifst ja wirklich aus dem letzten Loch«, versuche ich, ihn von seinem miserablen Zustand abzulenken, während ich den Tropf behelfsmäßig an der Rückseite von Bobs Kopflehne befestige. Ich zucke leicht zusammen, als ich höre, wie Bob den Kofferraum zuknallt, in dem er den Rollstuhl verstaut hat, und blicke kurz zu ihm nach vorne, als er auf den Fahrersitz gleitet. Im nächsten Moment läuft auch schon der Motor und Bob tritt ordentlich aufs Gaspedal.

»Haha, witzig«, presst Art derweil angestrengt hervor und verzerrt sein Gesicht vor Schmerz.

Ich platze dabei fast vor Sorge. Den Drang, vor Nervosität und Anspannung zu zappeln, kann ich ebenfalls kaum noch unterdrücken, aber er scheint es nicht zu bemerken. Nur Bobs Blicke sehe ich im Rückspiegel, ihm fällt mehr auf, als ihm jemand zusprechen würde.

»Na, Bob, so still wie eh und je.« Art kann es einfach nicht lassen. Selbst jetzt nicht. Jedes Mal, wenn Art in diesem Auto sitzt, klopft er dumme Sprüche auf Bobs Kosten.

Bob beachtet ihn nicht. Von solchen Sticheleien lässt er sich niemals aus der Ruhe bringen, denn von Art ist er es längst gewohnt.

»Lass das, Art!«, weise ich ihn trotzdem zurecht.

Er lacht kaum hörbar auf. »Wo bleibt da der Spaß?«

Seufzend verdrehe ich die Augen. »Idiot!«

»Selbst Idiot.«

»Sehr einfallsreich.«

»Ich weiß.« Noch während er grinst, verzieht sich seine Miene ein weiteres Mal.

»Du solltest dich schonen.«

»Wofür? Damit ich langsamer sterbe? Nee, passt schon«, erwidert er einfach und versetzt mir damit – überraschenderweise – einen Stich direkt in die Brust.

Seine Hoffnungslosigkeit schmerzt, aber ich muss mich gedulden, bis wir sicher in meiner Wohnung angekommen sind. Dann kann ich ihm alles erklären. So kann ich ihm auch endlich mitteilen, auf welche Weise ich gedenke, ihm zu helfen.

»Du siehst so aus, als würdest du gleich anfangen zu heulen.«

»Tu ich nicht!«, fauche ich ihm unwirsch entgegen, mäßige dann jedoch meinen Ton. Das ist typisch für ihn. Er sagt Dinge, die mich immer sofort aus der Haut fahren lassen. Wenn andere Derartiges von sich geben, kümmert es mich reichlich wenig. Das passiert mir nur bei ihm. Schon seit ich ihn kenne.

»Okay, ist ja gut. Deswegen musst du noch lange nicht beleidigt sein.«

»Ich bin nicht ...« Dieser Typ bringt mich manchmal echt zur Weißglut! »Ach, weißt du was? Vergiss es! Und jetzt halt die Klappe!«

»Aye, aye, Sir«, fordert er mich heraus, aber ich habe mich bereits von ihm abgewandt und schaue aus dem Fenster. Aus den Augen lasse ich ihn trotzdem nicht wirklich.

Tatsächlich verfällt auch er in Schweigen, während sich sein Blick in den Straßen des nächtlichen Londons verliert. Es kommt selten vor, dass wir uns anschweigen, aber wenn es passiert, fühlt es sich an, als würde etwas fehlen. Als wäre es nicht richtig, dass er nichts sagt. Das Einzige, das ich seinerseits wahrnehme, sind seine schweren, pfeifenden Atemzüge. Leider kann das der Song *Closing Time*, der aus dem Radio dringt, nicht übertönen.

»Wer hat dir eigentlich Bescheid gegeben?«, durchbricht Art irgendwann die Stille zwischen uns und holt mich aus meinem Zustand der gedanklichen Leere.

»Hm?« Mir fällt auf, dass wir bereits bei meiner Wohnung nahe dem Hydepark angekommen sind und Bob gerade in die Einfahrt hineinfährt.

»Bezüglich des Krankenhauses«, hakt Art nach. »War's Tim?« Ich nicke ihm zu.

Ein trauriges Lächeln tritt auf seine Miene. »Er ist unverbesserlich. Eigentlich habe ich ihm gesagt, er soll es nicht erzählen, damit sich niemand Sorgen um mich macht.«

Für diese blödsinnige Aussage hätte ich ihm am liebsten eine gescheuert, aber er leidet schon genug. Und in meinem angespannten Zustand würde ich ihn wahrscheinlich noch ernsthaft verletzen. »Das enttäuscht mich jetzt ein bisschen. Ich dachte, du kannst mit mir über alles reden.«

Sobald es ausgesprochen ist, beiße ich mir auf die Zunge, denn ich bin diesbezüglich keinen Deut besser. Ich verheimliche ihm so vieles. Meine Vergangenheit, meine gegenwärtigen Tätigkeiten, mein ganzes Dasein. Genau genommen alles. Allerdings war es bisher zu gefährlich, ihm irgendetwas davon zu erzählen, geschweige denn es ihm mit einer Demonstration zu offenbaren, was ich hinter meiner ›menschlichen Maske‹ verstecke.

Mit einem leichten Ruckeln kommt der Wagen zum Stillstand. Bob steigt aus und schließt die Tür hinter sich. Obwohl Art mit sich ringt, seine Kiefer sich wegen meiner Worte anspannen, haftet sein Blick an mir.

»Ich wollte nicht, dass du mich bemitleidest.« Arts müde Augen mustern mich aufs Genauste. Die violetten Ringe darunter sind in der Zwischenzeit noch dunkler geworden und erinnern mich erneut daran, wie mir die Zeit zwischen den Fingern zerrinnt. »Tim wusste es als Einziger. Er hat einfach nie locker gelassen und mich gezwungen, mit der Sprache herauszurücken. Sonst hab' ich es nie jemandem verraten. Er musste es mir hoch und heilig versprechen, mein Geheimnis nicht auszuplaudern.«

»Daran hat er sich immerhin gehalten«, sage ich, bevor mir Bob die Tür öffnet. »Das solltest du ihm hoch anrechnen.«

»Vielleicht ...«, haucht er und wendet sich von mir ab.

Ich husche an Bob vorbei ums Heck, aber nicht zu schnell, um Art nicht zu erschrecken. Den Rollstuhl lasse ich im Kofferraum, weil der wegen des kleinen Treppenaufgangs vor meiner Wohnung sowieso nicht zu gebrauchen ist. Bob hilft mir dabei, diesen über 1,90-Meter-Brocken aus dem Rücksitz zu hieven – nicht, weil er zu schwer für mich allein gewesen wäre, sondern damit ich ihm nicht versehentlich den Beatmungsschlauch oder den Venenzugang an seiner Hand herausreiße.

Wenn er sich dabei auch noch den Kopf angeschlagen hätte, wäre das nicht sonderlich förderlich gewesen, aber zu zweit schaffen wir es locker. Mit Bob zu seiner Rechten und mir zu seiner Linken stützt er sich vollends auf uns ab und lässt sich mitschleifen. Bei den Treppenstufen dauert es zwar ein bisschen länger, doch auch diese sind bald überwunden. Mit einem geübten Handgriff ist meine Wohnungstür schließlich im Nullkommanichts aufgeschlossen.

»Da rüber«, sage ich zu Bob und weise ihn mit meiner linken Hand an, Art zum Sofa im Wohnzimmer zu führen. Sobald dieser sicher sitzt, entzieht sich Bob sofort seinem Klammergriff und nimmt etwas Abstand. Seine sonst immer so kontrollierte Miene bekommt Risse, als er seine Nase ganz leicht rümpft. Ich kann es ihm nicht einmal verübeln. Art macht es niemandem wirklich leicht, ihn zu mögen. Und bei Bob hat er es sich ohnehin zur Aufgabe gemacht, ihn bei jeder Möglichkeit, die sich ihm bot, zu piesacken.

»Das passt so, Bob«, gebe ich ihm zu verstehen.

»Wenn Sie möchten, bleibe ich hier und bewache die Tür.«

»Weißt du was? Dagegen habe ich nichts einzuwenden. Ich wäre sogar froh darum. Für den Fall, dass doch noch jemand Wind von meinem Vorhaben bekommen hat. Es gibt immer Leute, die nicht dichthalten.«

Gewissenhaft nickt er mir zu. »In Ordnung, Mr O'Connel.«

Ganz selbstverständlich geht er in die Küche, holt sich dort einen der Esszimmerstühle und stellt diesen direkt neben den Wohnungseingang. Gut so. Eine lange Nacht steht uns bevor. Und im Fall eines Angriffs schadet es nie, wenn Bob bei Kräften ist und diese nicht unnötig durch sinnloses Herumstehen verschwendet. Immerhin wird mich Arts Verwandlung einiges an Energie kosten.

»Nicht mal, wenn ich still bin, kann Bob mich leiden«, bemerkt Art und lächelt gequält. Ich fahre ihm mit der Hand über die fiebrige Stirn und prüfe an seinem rechten Handgelenk den Puls.

»Du hast ihm ja auch keinen Grund gegeben, dich zu mögen.« Es gelingt mir nicht, sein Lächeln zu erwidern. »Ich hole dir ein Glas Wasser.« Ohne seine Antwort abzuwarten, verschwinde ich in der Küche. Im Vorbeigehen schalte ich meine Kaffeemaschine ein, nehme dann nachdenklich ein Glas und eine Tasse aus dem Geschirrschrank.

Wie erkläre ich Art, dass alles, was er über Mythen und Legenden weiß, wahr ist? Na ja, zu einem großen Teil. Was die Existenz von Göttern betrifft: In diesem Bereich habe ich keine Ahnung, wer oder was davon existiert – Mythen über sie gibt es Tausende. Aber Vampire, Werwölfe, Hexen, Hexenmeister, Dämonen und so weiter gehören genauso zur Realität wie der rasante digitale Fortschritt.

Nebenher schneide ich die rechte, obere Kante einer Konserve aus dem Kühlschrank auf, um davon einen großzügigen Schluck in die Tasse zu kippen.

Wie erläutere ich ihm meine Pläne, ohne dass er ausrastet oder in Panik gerät? Beides wird bestimmt in einem absoluten Desaster enden.

Die Kaffeemaschine surrt laut, als ich sie betätige und der Kaffee allmählich in die Tasse mit dem Blut tröpfelt. Das Glas fülle ich zwischenzeitlich mit frischem Leitungswasser.

Dreck! Wie gehen andere Vampire diese Problematik an? Es ist ja nicht so, als könnte ich Seamus fragen. Der würde mich auslachen und sich an meiner Ratlosigkeit ergötzen, anstatt mir weiterzuhelfen. Diese Genugtuung will ich ihm nicht geben, also sehe ich davon ab, seine Nummer zu wählen, um ihn anzurufen.

Mit Wasser und Kaffee geselle ich mich wieder zu Art auf die Couch. Der hat sich keinen Millimeter bewegt. »Leihst du mir dein Handy?«

Nachdem ich den Kaffee auf dem Wohnzimmertisch abgestellt habe, krame ich in meiner Hosentasche herum, um mein Mobiltelefon herauszuholen.

»Wem möchtest du schreiben?«, frage ich beiläufig, während ich es ihm zusammen mit dem Glas reiche und er beides entgegennimmt.

»Tim. Ich will ihn nur kurz darüber informieren, dass ich in guten Händen bin.«

»Seit wann hat Tim eigentlich ein eigenes Handy?« Stirnrunzelnd wundere ich mich darüber, denn ich habe ihn noch nie mit einem Telefon in der Hand herumlaufen sehen.

»Seit einer ganzen Weile. Er hat es vor fast einem Jahr einem reichen Schnösel abgezwackt, der sich in den Sherlock Holmes Pub verirrt hat.«

»So, so. Ich dachte, er hätte aufgehört mit den Diebereien.«

»Wie denn, Sean? Wir haben kaum Geld für Essen, geschweige denn für sonst etwas. Stehlen ist die einzige Möglichkeit, noch irgendwie über die Runden zu kommen.« Er holt tief Luft, um weiterzusprechen. »Hey, sieh es doch so: Wir bestehlen die Reichen, damit auch die Ärmeren was davon haben. Das hat doch was Robin-Hood-Mäßiges.«

Ich verdrehe die Augen, grinse aber bei diesem Vergleich. »Wie auch immer.« Innerlich winde ich mich, weil ich die einzige Erklärung, die nun wirklich zählt, vor mir herschiebe.

»Sorry, geht halt nicht anders«, entschuldigt sich Art und legt sein Handy zur Seite. Seine Hand zittert ohnehin so heftig, dass er kaum noch damit schreiben kann.

»Ich weiß, ich weiß.« Ich genehmige mir einen Schluck Kaffee, in der Hoffnung, ich könnte mir so ein wenig Mut antrinken. Doch es bringt nichts. Ich gebe mir einen Ruck, um endlich mit der Sprache rauszurücken. »Art, es gibt da etwas, was ich dir sagen möchte.«

»Ja?« Sein Blick ruht auf mir, obwohl ich versuche, diesen zu meiden.

»Dir ist ja schon aufgefallen, dass ich deinen Fragen bezüglich meiner Arbeit, meiner Familie und dergleichen bisher immer ausgewichen bin.« Ich nippe nochmals an der Tasse und spüre allmählich, wie das Blut mir Energie zurückgibt. »Nun, dafür hatte ich Gründe, aber diese sind nun nicht mehr relevant.«

»Okay?« Auch wenn der Beatmungsschlauch ihn in seiner Bewegungsfreiheit einschränkt, dreht er sich mir leicht zu und tippt mir gegen die Stirn. »Dann mal raus damit, du Geheimniskrämer.«

Es tut zwar nicht weh, aber ich schaue ihn trotzdem mit verkniffener Miene an. »Oh, lass das! Ich rede ja schon.« Ich räuspere mich. »Alles, was ich dir nun offenbare, meine ich ernst. Keine Ausreden mehr. Keine Lügen. Nur die Wahrheit.«

Arts verschmitztes Grinsen verschwindet, ehe sich eine tiefe Furche zwischen seinen Augenbrauen bildet. »Okay.«

»Und du musst mir zuhören. Ich kann dir alles erklären, wenn du es zulässt. Bevor ich dir helfen kann, muss ich das tun. Hast du verstanden?«

»Ich bin vielleicht sterbenskrank, Sean, aber weder dumm noch taub«, meint er mit einem sarkastischen Lächeln, das jedoch nicht lange auf seinem Mund verweilt, da ein weiterer, kurzer Hustenanfall ihn durchschüttelt. Glücklicherweise legt er sich von selbst wieder.

»So meinte ich das nicht, ach, ist ja auch egal. Auf jeden Fall solltest du wissen, dass es mir nicht erlaubt war, über meine

Arbeit, über meine Vergangenheit oder – sagen wir – überhaupt über mein ganzes Dasein zu reden. Ich bin nämlich ...« Wieder gerate ich ins Stocken. Ausgerechnet jetzt. Ich atme tief durch, nach wie vor mit der warmen Tasse zwischen meinen Fingern, und setze ein weiteres Mal an. »Ich bin ein Vampir.«

Schweigen.

Er starrt mich an, zeigt keine Reaktion darauf, was er denkt, sodass es mir nicht gelingt, mir auszumalen, was in seinem Kopf vorgeht. Vorsichtig stelle ich meine Tasse auf dem Tisch vor der Couchsitzfläche ab, während er an seinem Glas nippt, mich dabei aber nicht aus den Augen lässt.

Er schluckt hörbar und platziert es dann neben meine Tasse. »Ein Vampir? Hm.«

Erneut verfällt er in Schweigen, linst aber immer wieder zu mir herüber.

»Ich weiß, das klingt nach dem größten Bullshit, den ich dir jemals auftischen könnte, aber wie gesagt: keine Lügen mehr.«

»Ja, schon. Ich meine, klar. Du bist ein Vampir.« Er lacht auf, schwach, aber ich merke, dass Unglauben mitschwingt. »Ist ja nichts Ungewöhnliches. Man kann ja heutzutage alles sein, solange man es vor der heteronormativen, konservativen Gesellschaft geheim hält.«

»Art, so meinte ich es nicht. Ich rede nicht von irgendwelchen Subkulturen und Gruppierungen, die so tun, als wären sie Vampire. Ich bin wirklich einer.« Ganz langsam rücke ich etwas näher an ihn heran und zeige ihm meine Zähne, ohne sie zu fletschen. »Schau! Kein Mensch hat so lange Eckzähne.«

»Kann auch eine Zahnkrone sein. Es sieht ja auch cool aus.«

»Cool?« Ich werfe ihm nun meinerseits einen entrüsteten Blick zu. »Cool ist es ganz und gar nicht, aber leider gehören verlängerte Reißzähne zum Vampirdasein dazu.«

Wieder starrt er mich eine Zeit lang schweigend an, röchelt einige Male, bis sich seine Atmung etwas beruhigt. »Du meinst das wirklich ernst?«

»Ja, sag ich doch! Ich lüge dich nicht an! Ich kann mir gut vorstellen, dass es schwierig ist, zu begreifen, was ich dir zu erklären versuche, aber es stimmt. Du hast mich doch noch nie etwas essen sehen, nicht wahr?«

»Hm ...« Er wendet den Blick ab und scheint kurz darüber nachzudenken, ehe er nickt.

»Wir haben uns immer nur nachts verabredet, weil ich tagsüber immer geschlafen habe.«

Wieder ein Nicken.

»Und diese Geheimniskrämerei um alles, was ich tue. Die Ausreden. Mir ist bewusst, dass dir das alles längst aufgefallen ist.«

»Sicher«, flüstert er und schaut nachdenklich zu mir, oder mehr durch mich hindurch, als wäre ich soeben zu einem Geist geworden. »Aber wie ist das möglich?«

Ich zucke die Achseln. »Das wäre jetzt ein bisschen kompliziert, dir die ganze Entstehungsgeschichte der Vampire zu erklären. Dafür haben wir auch nicht die Zeit. Es geht mir vielmehr darum, dass du erfährst, wer ich wirklich bin. Was ich tue, wenn ich nicht mit dir durch die Straßen ziehe und irgendwelche Wände bespraye.«

»Und wer bist du genau?«, fragt er mich in so ernstem Ton, wie ich es noch nie zuvor von ihm vernommen habe. Er treibt mir dadurch gar für einen Moment ein mulmiges Gefühl in die Knochen.

»Nun ja, ich erledige die Drecksarbeit für den Prinzen von London, der im Übrigen auch mein Erschaffer ist. Leider.« Mit einem Seufzen greife ich zur Tasse. »Ich bin sozusagen seine rechte Hand, oder altbacken ausgedrückt, sein Mädchen für alles.«

»Das passt so gar nicht zu dir.« Art verlagert sein Gewicht und verzieht sein Gesicht vor Schmerz. »Ich meine, du und Mädchen für alles.« Dann lacht er auf. Er erstickt dabei fast, weil ihn ein kleiner Hustenanfall überfällt, aber das scheint es ihm offenbar wert zu sein.

»Ja, ja, mach dich nur über mich lustig.« Normalerweise würde ich ihm dafür in die Seite piksen, nun verzichte ich jedoch darauf und lege ihm stattdessen beruhigend die Hand auf den Rücken. »Vergiss nicht zu atmen, Art!«

Und als hätte ich es mit diesen Worten verhext, verschlimmert sich sein Husten zusehends, bis er wieder Blut spuckt und sein Atem rasselnd und schwer aus seinen Lungen fährt. »Ich sterbe, Sean«, presst er hervor und hustet nochmals.

»Nein, wirst du nicht! Das lass ich nicht zu!« Vorsichtig helfe ich ihm, sich gerade aufzusetzen, damit er wieder besser zu Atem kommt. Viel bringt es nicht, aber es muss für den Augenblick reichen. »Genau deswegen habe ich dir dieses Geheimnis offenbart. Damit ich dich ...«

»Es reicht, Sean!«, unterbricht er mich harsch. »Es reicht.« Tränen rinnen ihm über die Wangen, während seine harte Schale zerbricht und seine Emotionen wie Schmerzen vollends preisgibt. »Ich kann nicht mehr. Es tut weh und es ist ausweglos. Wir werden nie wieder durch die Straßen fahren. Nie wieder Polizisten ärgern. Nie wieder ...«

»Hör mir zu!«, fauche ich, zeige ihm nun doch die Zähne, bevor er sich weiter in seine Hoffnungslosigkeit hineinsteigert.

Er fährt zusammen und reißt die Augen weit auf. Ich rieche die Angst, wie sie aus jeder seiner Poren strömt, aber er ist zu schwach, um vor mir zurückzuweichen. Sein Puls schnellt in die Höhe und er wechselt zu einer ungesunden Schnappatmung. Zähneknirschend zwinge ich mich zu einer entspannteren Haltung. »Tut mir leid. Ich wollte dir keinen Schrecken einjagen.« Ich strecke eine Hand nach ihm aus, doch er verkrampft sich umso mehr, sodass ich sie wieder zurückziehe. So hat es keinen Zweck. Auf diese Weise erreiche ich nichts. Ich muss zu anderen Mitteln greifen, um ihn erstens zu beruhigen und ihn zweitens dazu zu bringen, mir zu glauben.

»Arthur.« In dem Moment, als ich seinen vollen Namen ausspreche, verzieht er sein Gesicht, schaut mir jedoch direkt in die Augen. Sofort konzentriere ich mich auf das Farbenspiel darin, erkenne die spärlichen Grauakzente in seiner sonst dunkelblauen Iris. Seine Lider zucken, als er versucht, seinen Blick abzuwenden und sich unbewusst gegen meine Manipulation zu wehren.

»Entspann dich, Art, und hör mir einfach nur zu! Nichts, was ich tun möchte, soll zu deinem Schaden sein. Ich will dir wirklich nur helfen und dich von deinen Schmerzen befreien.«

Arts Wille bleibt standhaft, doch ich sehe an den kleinen Fältchen, die sich um seine Augen bilden, dass er tatsächlich überlegt, nachzugeben.

»Besser noch: Wenn du es zulässt, kann ich dir ein neues Leben schenken. Ich gebe zu, es kann sich anfangs anfühlen, als hätte ich dich direkt in die Hölle gezerrt, aber sobald man sich daran gewöhnt hat, lässt es sich damit gut leben.«

Erst ziehen sich seine Pupillen zusammen, doch dann – mit einem tiefen Atemzug – weiten sie sich, als er sich meinem Willen beugt. »Ich hör dir zu.«

Ich lächle traurig, packe die Gelegenheit nun aber beim Schopf. Jedoch, ohne ihn weiter durch meine Gedankenkraft zu manipulieren. »Gut, endlich! Wie gesagt, ich bin wirklich ein Vampir, aber wie es dazu kam und was das alles zu bedeuten hat, kann ich dir jetzt noch nicht sagen. Dafür bleibt uns keine Zeit. Doch wenn du es zulässt und wirklich möchtest, kann ich dich verwandeln.«

»Verwandeln?«, flüstert er, blinzelt dabei mehrere Male. Ich setze bereits zu einer weiteren Erklärung an, als es unvermittelt an der Tür klingelt.

7

Lieferung an O'Connel!«, raunzt der Bote, sobald ich die Tür öffne. Er steht etwas zu nah, sodass er sich fast die Nase an der Tür geschrammt hätte. Sein Aufzug wirkt wie der eines gewöhnlichen Zivilisten und dank seiner entspannten Haltung kommt er auch professionell genug herüber, um diskret Pakete auszuliefern, die außergewöhnliche Waren enthalten. Wahrscheinlich gehört er zu einer von Rachel ausgewählten Zustellungseinheit, damit auch alles schnell und anonym abläuft. So genau kenne ich mich damit nicht aus, aber es wäre definitiv mal einen Versuch wert, Rachel danach zu fragen.

Ich richte meinen Blick auf das Paket, das neben dem Boten auf einem kleinen Hebelkarren steht.

Mit gelangweilter Miene streckt er mir ein Klemmbrett mit einem Formular entgegen. »Hier bitte einmal unterschreiben!«, erläutert er mir und drückt mir einen Kugelschreiber in die rechte Hand. Er klopft ungeduldig mit einer Schuhspitze gegen die Fußmatte, schaut zu Boden, dann wieder zu mir, um das unterschriebene Papier entgegenzunehmen. Ohne Worte hebelt er das Paket von seinem Karren, sodass die Bestellung halb auf der Fußmatte, halb im Türdurchgang hängen bleibt. Allerdings juckt ihn das kein bisschen. Der Bote hat längst auf der Stelle kehrtgemacht, steigt in seinen kleinen Lieferwagen und fährt weiter. Wie unhöflich, dieser Penner, aber was soll's. Immerhin hat sich Rachel an ihre Liefergarantie gehalten und hat das Paket noch vor der versprochenen Zeit bringen lassen. Zuverlässig wie immer.

Ohne Mühe hebe ich die Lieferung hoch und schlage die Haustür mit dem Fuß hinter mir zu, ehe Bob Anstalten macht, sie abzuschließen.

»Musst du nicht«, weise ich ihn an und verschwinde kurz in der Küche, um die bestellten Blutkonserven und Spritzen mit dem toten Blut trotz Rachels Haltbarkeitsgarantie im Kühlschrank zu verstauen. Als ich wieder in den Gang trete, führe ich meine Erklärung fort. »Seamus meinte, er schickt mir noch etwas zu.«

Und wie aufs Stichwort scheppert die Klingel nochmals in meinen Ohren.

»Nimm es bitte schon entgegen, damit ich das hier ins Schlafzimmer schaffen kann.« Gesagt, getan. Aus dem Augenwinkel sehe ich, wie Bob die Tür ein weiteres Mal öffnet und meiner Bitte nachkommt, während ich die Kiste mit den Fesselmaterialien neben dem linken Nachttisch abstelle. Es ist alles da: die Handschellen, das Seil. Sie hat sogar noch eine kleine Anleitung für einen Knoten eingepackt, der sich enger zieht, je mehr sich der Gefesselte wehrt. Davon würde ich wohl oder übel Gebrauch machen müssen – falls Art nach seiner Verwandlung gegen meine Befehle aufbegehrt.

Ich reibe mir die Hände und überlege, ob noch etwas fehlt. Blutkonserven, totes Blut, Seil, Handschellen. Für Art sollte alles vorbereitet sein, aber ... Wie ein Geistesblitz durchfährt es meine Gedanken. Dracula! Ich muss das kleine Monster vor ihm in Sicherheit bringen. Nur für den Fall.

Zielstrebig husche ich ins Wohnzimmer, wo ich Dracula auf dem Couchtisch entdecke. Er beäugt Art kritisch, als dieser seine Hand langsam nach ihm ausstreckt, dennoch wirkt er auch neugierig – was bei meinem Kater sonst eher selten vorkommt. Das meiste ist ihm vollkommen egal, solange er sein Futter bekommt, sein Kistchen sauber bleibt und er sich überall schlafen legen darf. Als er mich sieht, springt er vom Tisch und schmiegt sich direkt an meine Beine. Auch eine Seltenheit, aber er scheint zu spüren, dass mich Nervosität plagt.

»Ja, du Süßer. Du kommst nachher gleich mit in die Küche, damit dich niemand auffrisst.« Mir ist es bewusst, dass ich mit ihm wie mit einem Kind rede, aber so mag er meine Stimmlage am liebsten. Er streckt seinen bauschigen Schwanz ganz weit nach oben, gurrt dabei wie eine übergroße Taube. Während ich die wichtigsten Dinge meines Lieblings in die Küche bringe, folgt mir Dracula auf Schritt und Tritt. Im Nu ist alles umplatziert. Zu guter Letzt werfe ich eine Spielzeugmaus und ein kleines Bällchen auf den Küchenboden und beuge mich zu ihm hinunter, um ihn zu streicheln. »Na, schön hierbleiben. Dann passiert dir nichts.« Als ob er ahnt, dass ich ihn gleich einsperre, streift er mir eifrig um die Beine, doch ich zwinge mich, von ihm abzulassen und mich leichtfüßig zu erheben – wenn auch mit schlechtem Gewissen. »Tut mir leid, Dracula. Es muss sein.« Doch kaum schließe ich die Küchentür hinter mir, beginnt er, daran zu kratzen.

Ich höre von der Couch her ein schwaches Auflachen. »Er mag es offenbar nicht, wenn du ihn einsperrst.«

»Was du nicht sagst!«, entgegne ich zynisch. »Wer mag das schon?«

Sein Blick zieht an mir vorbei zu Bob, dessen Schritte hinter mir verstummen. Zögerlich drehe ich mich zu ihm um und nehme es ihm das Paket ab, das er in den Händen hält.

Ich kann mir bildhaft vorstellen, was es beinhaltet, aber ich muss mich selbst davon überzeugen. Angewidert, dass ich überhaupt daran denke, Seamus' Geschenk anzunehmen, reiße ich die Kartonkiste auf und erblicke eine ordentliche Zahl Blutkonserven von allen möglichen Blutgruppen. Ganze zehn Stück. Mit mir hadernd blase ich meine Wangen auf. Zurückschicken ist nicht drin. Ich brauche sie für Art und mich, aber in mir sträubt sich alles dagegen. Seamus, dieser Bastard, weiß ganz genau, wie er es anstellen muss, damit ich mich unwohl fühle.

»Was zum ...? Sind das Blutkonserven?«, höre ich Art mit Entsetzen in seiner kratzigen Stimme fragen. Es raschelt, als er versucht, auf die Beine zu kommen. Ich schaue zu Bob hoch, der mir zunickt und die Kiste direkt in die Küche bringt.

»Ich habe es dir ja erklärt.«

Er rauft sich das Haar und schwankt rückwärts von mir weg. »Erklärt? Du hast gesagt, du bist ein Vampir. Erklärt hast du mir gar nichts. Nichts und wieder nichts! Meinst du, ich kauf' dir diesen Bockmist wirklich ab? Das sind doch alles bloß alte Schauermärchen, Geschichten, von denen man in Büchern liest oder Filme dazu sieht. Aber in echt? Sorry, aber so ganz glauben kann ich dir das nicht, Sean. Ich ...« Er sucht nach dem Tropf, den ich in meiner Gedankenlosigkeit etwas zu achtlos auf der Couch liegen gelassen habe, und greift nach diesem. »... möchte gehen. Das ist gerade einfach zu viel.« In seinem Übereifer stolpert er über seine eigenen Füße und fällt nach vorn. Nun hält mich nichts mehr zurück. Ich eile in unnatürlicher Geschwindigkeit zu ihm und fange ihn gerade noch rechtzeitig auf, bevor er sich den Kopf an der Kante des Couchtisches anstößt. Sein Blick trifft meinen. Entsetzen, Angst, Verwunderung, Neugier – alles leuchtet mir entgegen, während sich seine Lippen zu einem Wort formen. »Wie?«

Ich lächle ihn verschmitzt an, weiß aber, dass ich allmählich zu einem Punkt komme, an dem er zu begreifen beginnt. »Du bist manchmal echt nicht der hellste Stern am Himmel.« Glücklicherweise ist trotz des Sturzes nichts passiert. Der Zugang sitzt noch, genauso der Schlauch in seiner Nase, obwohl sich beides sowieso bald erübrigt. »Als Vampir bewege ich mich schneller als ein Mensch, aber das ist nur die Spitze des Eisbergs, Art. Die Möglichkeiten erstrecken sich selbst über das für dich Undenkbare hinaus: Es gibt natürlich auch negative Aspekte wie das Blut, das Sonnenproblem, die Unverträglichkeit gegenüber menschlichen Nahrungsmitteln.« Ich helfe ihm zurück auf die Couch und gebe ihm einen Augenblick, um die ersten Informationen kurz sacken zu lassen. Als er ein wenig verloren umherschaut, setze ich mich neben ihn und klopfe ihm aufs Knie. »Mir ist bewusst, dass ich viel von dir verlange, wenn ich dich darum bitte, mir zu glauben. Vor meiner Verwandlung wäre mir das sicher nicht einfacher gefallen, derlei Neuigkeiten ohne Misstrauen hinzunehmen.«

»Okay«, erwidert er schwach und fokussiert seinen Blick wieder auf mich. »Dann erklär's mir!«

In einem groben Abriss versuche ich, ihm zu erläutern, wie er sich die Vampirgesellschaft vorstellen kann, wie die Verwandlung vonstattengeht und was es bedeutet, als ein Wesen der Nacht zu leben. Ich erwähne auch einige Punkte aus dem Alltag. Dabei gehe ich allerdings nicht allzu sehr auf die Details ein, sondern halte mich bei jedem Thema kurz und halte inne, als ich merke, dass ihn eine Frage plagt.

»Dürfte ich meine Freunde überhaupt noch sehen?«

Ich verziehe meine Lippen zu einer geraden Linie, bevor ich ihm antworte. »Vorerst nicht. Meistens dauert es eine Zeit, bis man den Durst eines neu erschaffenen Vampirs in den Griff bekommt.«

»Wie fühlt sich dieser Durst an, wenn du es gleich so betonst?«

Eigentlich habe ich gehofft, dass er nicht so direkt nach diesem Thema fragt, aber ich bin ihm jede Antwort schuldig, die ihn interessiert. »Wie das Durst- und Hungergefühl, das du kennst. Nur zehnmal schlimmer.«

»Toll.«

»Die Intensität vergeht mit der Zeit«, füge ich noch hinzu.

»Beruhigend …« Er klingt alles andere als begeistert, aber er macht trotzdem den Anschein, als würde er ernsthaft über die Möglichkeit nachdenken, die ich ihm angeboten habe. »Gibt's da noch mehr zu wissen?«

»Deutlich mehr, aber das Wesentliche habe ich dir erzählt und den ganzen Rest erkläre ich dir beizeiten. Also im Fall, dass du dich dafür entscheidest. Das verspreche ich dir.«

»Und du erklärst mir wirklich alles?«

Ich nicke geduldig. »Ja, wirklich. Versprochen.«

Sein Gesichtsausdruck entspannt sich, als würde der Unglaube wie eine alte Hautschicht von ihm abfallen. »Okay«, flüstert er, mittlerweile kaum mehr hörbar.

»Okay, was? Art, ich muss sicher sein, dass du es auch wirklich möchtest. Zwingen werde ich dich nämlich nicht.« Auch wenn eine Seite von mir es gerne würde. Ich darf ihn einfach nicht verlieren. »Ich will, dass du verstehst, worauf du dich einlässt. Solche Entscheidungen lassen sich nicht rückgängig machen.«

Er legt mir eine Hand auf die Schulter und lächelt. »Alles gut, Sean! Ich bin vielleicht ein Idiot, aber ich hab das ein oder andere Buch gelesen. Auch über Vampire.«

Ob es so schlau ist, sich auf fiktionale Aussagen zu verlassen, sei dahingestellt, aber es bleiben ihm ohnehin nur zwei Möglichkeiten: Tod oder Verwandlung. Irgendetwas dazwischen existiert nicht.

»Ähm, ja, nun«, ich schnaube zerknirscht, »Fiktion entspricht selten der Realität. Deshalb ist es noch wichtiger, dass du dir deiner Entscheidung sicher bist.«

»Sicher nicht, aber ich vertraue dir. Mehr bleibt mir in diesem Leben nicht«, erwidert er. Art klingt dabei wie ein gebrochener Mann.

Ich wende mich für einen Moment von ihm ab, weil ich seinen Anblick kaum ertrage. Den Kloß in meiner Kehle schlucke ich herunter, während ich mich zwinge, ganz Herr der Lage zu bleiben. Trotzdem fällt ein kleiner Teil der Anspannung von mir ab, ich bin dank Arts Entscheidung geradezu hoffnungsvoll.

»Danke«, sage ich verkniffen und räuspere mich, ehe ich ihn am Handgelenk packe, um ihn in Richtung meines Schlafzimmers zu führen. »Dann komm mit.«

8

Ich weiß nicht, wer mehr zittert. Art oder ich, aber ich nehme seine Angst wahr, die er so tapfer zu verbergen versucht. Das mobile Beatmungsgerät hält er zusammen mit dem Tropf mit dem linken Arm umklammert, während er sich nach allen Richtungen umsieht. Allerdings bezweifle ich, dass er viel erkennen kann. Es ist beinahe stockfinster, da ich die Rollläden heute nicht hochgezogen habe.

»Wo sind wir?«

»Bleib einfach da stehen!«, ermahne ich ihn, als wir direkt vor dem Fußende des Bettes anhalten, und lasse ihn los. Ohne über die Kiste daneben zu stolpern, gelange ich zum Nachttisch und knipse dort den Lichtschalter der Lavalampe an. Sie erleuchtet das Zimmer mit einem rotvioletten Schimmer, doch der Inhalt bewegt sich noch nicht. Dafür ist die Lampe nicht warm genug.

Aus Arts Richtung höre ich ein erstauntes Aufatmen. »Willst du mir indirekt etwas sagen, Sean?« Er schenkt mir ein schiefes Grinsen und hebt die Augenbrauen, als ich mich ihm zuwende.

»Was? Nein!« Mir steigt die Hitze in den Kopf, aber seine Sicht kann unmöglich so gut sein, dass er es sieht. Glücklicherweise. Entrüstet schnaube ich und schnalze beschämt mit der Zunge. »Will ich nicht. Jedenfalls nicht das, was du denkst.«

»Was denk' ich denn?«, fragt er mich heiser, während sich sein dreckiges Grinsen weiter in die Breite zieht.

Ich grummle verlegen. »Was weiß ich? Deine Gedanken kann ich zum Glück nicht lesen.«

Anstatt zu lachen, schnappt er röchelnd nach Luft und setzt sich vorsichtig auf den Rand des Bettes, damit er nicht zusammenbricht.

»Art!« Ich nehme ihm alles ab und lege den ganzen medizinischen Kram neben ihn.

»Geht schon!« Er versucht, mich von sich wegzustoßen, doch das lasse ich nicht zu. Stattdessen helfe ich ihm aufs Bett und klopfe das Kissen zurecht, bevor ich ihn am Kopfende des Bettes dagegenlehne. Ich achte darauf, dass er aufrecht sitzt. Vielleicht ist es nicht die beste Position für ihn, aber es sollte den Prozess der Verwandlung zumindest für mich vereinfachen. Hoffe ich.

»Stell' dich nicht so an! In deinem Zustand ist es in Ordnung, Schwäche zu zeigen. Vor mir musst du nichts verbergen. Wirklich nichts. Ganz besonders nicht, wenn es dich innerlich zerreißt.«

Schweigend schaut er weg, als hätte ich den Nagel direkt auf den Kopf getroffen.

»Wie auch immer! Entspann dich!« Einfacher gesagt als getan. Ich bin selbst gerade extrem angespannt und kann nachvollziehen, dass er seine Angst und Nervosität vor dem, was gleich kommt, kaum zügeln kann.

»Ich versuch's«, erwidert er mit zittrigen Lippen. Sein ganzer Leib bebt, als ich mich bedächtig auf seinen Schoß setze. Ich nehme seine rechte Hand, drücke sie kurz und blicke dann zu ihm.

»Ich werde vorsichtig sein«, versichere ich ihm, während ich die Pflaster auf seinem Handrücken löse und den Zugang rausziehe. »Leider kann ich dir nicht versprechen, dass es angenehm wird. Die Verwandlung wird dir Schmerzen bereiten und dich all die Gründe vergessen lassen, warum du dich dafür und nicht dagegen entschieden hast.«

»Das beruhigt mich jetzt nicht wirklich.«

»Sorry, aber ich möchte, dass du weißt, was dich erwartet«, erkläre ich ihm. Das kommt nicht annähernd an die Erklärung heran, die ich ihm eigentlich schuldig bin, aber es ist ein Anfang. Obwohl sich mein vergangenes Ärztedasein vehement dagegen auflehnt, löse ich den Beatmungsschlauch von Arts Ohren und schaue ihn dabei eindringlich an. »Bist du bereit?«

»Wie sagen sie immer so schön in den Filmen? Bringen wir es hinter uns!« Er quält sich zu einem Lachen, zuckt dann aber vor Schmerz zusammen.

»Ab jetzt nicht mehr reden«, flüstere ich ihm zu, nachdem ich mich über ihn gebeugt habe. Ich gebe dem Bedürfnis nach, ihn zu umarmen, obwohl das eigentlich so gar nicht zu mir passt. Aber was soll's. Wenn es schiefgeht, dann ist das hier das letzte Mal, dass ich mich mit Art unterhalte und mit ihm Zeit verbringe.

Moment! Stopp! Nein, so darf ich nicht denken! Nichts wird schiefgehen! Ich ziehe das durch und mir wird dabei kein Fehler unterlaufen.

Als er seinen linken Arm um meine Taille legt, zucke ich zusammen, lasse mich aber nicht aus dem Konzept bringen. Für einen Augenblick halte ich mit der Nasenspitze an seiner Halsbeuge inne, ehe ich mich wieder ein Stück weit von ihm löse. Er bewegt sich nicht, ist wie erstarrt vor Angst. Er sagt nichts mehr und kämpft um jeden Atemzug, der ihm noch bleibt.

»Tut mir leid«, hauche ich und beiße zu. Direkt in die linke Seite seines Halses. Ganz klassisch, wie man es aus der Literatur kennt.

Mitsamt dem restlichen Leben, das Art noch bleibt, strömt mir sein Blut warm in die Kehle und ich trinke, Schluck um Schluck, während ich ihm Stück für Stück sein menschliches Dasein entreiße. Anfangs ächzt er vor Schmerz, aber kaum zehn Sekunden später setzt die betäubende Wirkung meines Speichels ein und lässt ihn ruhiger werden. Ich konzentriere mich auf sein Herz, das erst rast und dann immer langsamer schlägt. Nach all den Jahren habe ich tatsächlich vergessen, wie gut frisches Blut schmeckt. Selbst Arts, das von Krankheit verseucht ist, befriedigt mich rascher als das abgestandene Blut aus den Konserven.

Trotzdem behalte ich so viel Selbstkontrolle bei, dass es mir gelingt, meine Zähne aus seinem Hals zu ziehen, bevor ich ihn seines letzten Lebensfunkens beraube. Als ich ihn ansehe, verpasst mir sein Anblick dennoch zuerst einen Schock. Er starrt ohne Fokus in den Raum, mit leicht offenem Mund, als würde es nur noch Minuten dauern, bis er endgültig stirbt.

Jetzt nur nicht in Panik geraten. Ich packe das! Seamus hat mir häufig genug den ganzen Prozess der Verwandlung eingetrichtert, weil er wollte, dass ich mich dazu durchringe, andere in Vampire zu verwandeln. Das war damals, vor über 50 Jahren, als die ganze Kacke mit dem Blutkonservenmangel und der Vampirüberpopulation noch nicht so gewaltig am Dampfen war wie während der letzten zehn Jahre.

Gegen meinen Instinkt ankämpfend versenke ich meine Zähne in meinem rechten Unterarm – erst zögerlich, dann meiner Tat sicher. Treibe sie tief in mein eigenes Fleisch, um Art Zugang zu meinem Blut zu gewähren. Im ersten Moment bleibt er unbeeindruckt, selbst als ich ihm die tropfende Wunde direkt vor die Nase halte. Sobald ich ihm meinen Arm auf den Mund drücke, zuckt er allerdings zusammen und beginnt instinktiv, daran zu saugen. Er packt mich mit seiner Linken an der Armbeuge und vergräbt die Finger seiner rechten Hand im Stoff meines Hemdes auf Höhe meiner Taille. Es fühlt sich seltsam an, wie er sich an der Wunde labt, mir mein Blut entzieht. Es schmerzt, aber gleichzeitig kommt es mir so vor, als hätte mir jemand eine Droge verabreicht. Wie eine bleierne Decke umfängt das Gefühl meine Gedanken. Ich seufze auf und presse dann die Lippen aufeinander. Glück, so könnte ich das Gefühl beschreiben. Ich empfinde reines Glück, das wie flüssiger Samt durch meine Adern fließt, sodass mir jede Sorge, jede Angst nichtig erscheint.

Art trinkt weiter, gierig, nimmt alles, was ich ihm gebe. Er scheint es zu mögen, sich weder davor zu ekeln noch etwas Unnatürliches daran zu sehen. Dafür, dass er gerade erst von der Wahrheit über uns Vampire erfahren hat, hält er sich gut. Er wird durchkommen. Das weiß ich.

Ich werde müde.

Mir fallen die Lider zu, aber ich zwinge mich, sie wieder zu heben. So rasch, wie es aufflammte, vergeht das Glück wieder. Mich beschleicht ein ungutes Gefühl, das mich allmählich nach unten zieht, in einen Abgrund ohne Boden und tiefster Dunkelheit. Ich kämpfe weiter gegen die Müdigkeit an, zerre dabei an meinem Arm, um ihn Art zu entziehen. Doch dieser hält ihn fest umklammert und macht keinerlei Anstalten, mich aus seinem Griff zu entlassen.

»Art?«, flüstere ich, erkenne dabei kaum meine eigene Stimme wieder. Sie ist so dünn und schwach, als hätte ich sie seit Jahren nicht mehr benutzt. Wieder ziehe ich an meiner Hand, aber keine Chance. Anstatt mich loszulassen, gibt er einen kehligen Laut von sich, bevor er über meine offene Wunde leckt und seine Lippen wieder darum schließt.

Die Dunkelheit nähert sich mir drohend, zerrt an mir, labt sich an mir. »Aufhören!«

Keine Reaktion.

Ich beiße die Zähne zusammen und spanne mich an. »Art! Das reicht!« Ruckartig reiße ich mich von ihm los, entgleite ihm dadurch regelrecht, bevor ich rücklings gegen das Holzgestell am Fußende des Bettes krache. Die Luft scharf einziehend drücke ich meine linke Hand auf die Wunde, die wie wild pocht und brennt, als hätte jemand ein Feuer in ihr entzündet. Doch mit der Entfernung – mag sie noch so klein sein – verschwindet die Dunkelheit. Die Müdigkeit bleibt zwar, aber ich bin wieder in der Verfassung, einen klaren Gedanken zu formen. Das war knapp!

Ich schaue von meinem Arm auf zu Art, dessen Gesicht vor Anspannung verzerrt ist. Er fasst sich an die Brust, zittert, als würde er etwas unterdrücken. Vorsichtig rücke ich näher zu ihm, lege ihm meine Finger auf den schweißnassen Handrücken. »Art? Art, antworte mir!«

Durch seine Maske aus Schmerz erkenne ich Schrecken und Angst. Dann, wie wenn ein Fass überläuft, platzt ein Schrei aus ihm heraus. Markerschütternd. Im ersten Moment erschrecke ich, fasse mich jedoch rasch und greife nach seiner rechten Hand, um sie festzuhalten.

»Ruhig, Art!«

Sein Schreien wird noch lauter, ehe es wie eine Fensterscheibe zerbricht und aus seiner Kehle nichts weiter dringt als ein leerer Lufthauch. Er beugt seinen Rücken durch, wäre dabei zur Seite gekippt, wenn ich ihn nicht gehalten hätte. Ich rede stetig auf ihn ein, damit er sich beruhigt, aber er nimmt mich nicht wahr. Mein Blut frisst sich gnadenlos durch seinen Körper, dringt in seine Zellen ein, um sie unwiderruflich zu verändern.

»Nicht mehr lange, Art. Dann wird es dir besser gehen. Versprochen.« Aber ich kann selbst nicht sagen, wie lange dieser Zustand anhalten wird. Angeblich ist es bei jedem Menschen anders. Je nachdem, wie gut dieser auf das Vampirblut reagiert.

»Sean!«, presst Art hervor und ringt röchelnd nach Luft. Blut und Geifer tropfen ihm aus dem Mund. »Was ... passiert ... mit mir?«

»Du veränderst dich«, meine ich trocken, obwohl ich mich innerlich so aufgewühlt fühle wie selten zuvor. Es ist nicht das erste Mal, dass ich dabei zusehe, wie sich jemand wandelt, aber das hier ist noch mal etwas ganz anderes. Nun bin ich nicht länger nur ein Beobachter, nein, ich nehme die Rolle eines Erschaffers ein. Ich kann daher kaum in Worte fassen, was ich empfinde. Meine Emotionen haben etwas von einem überschwappenden Glas Wein. Ach, was für ein blöder Vergleich.

Art packt mich am Kragen, versucht, Worte zu formen, aber er ist zu schwach, um sie auszusprechen. Ich spüre, wie sein Herz rast, und doch im nächsten Moment abrupt langsamer wird. Mit dieser plötzlichen Veränderung lösen sich auch seine Finger von dem Stoff. Er kippt nach hinten, aber ich fange ihn auf und entscheide mich nun doch dazu, ihn hinzulegen, anstatt ihn aufrecht sitzend zu halten. Bald hat er es überstanden. »Bald, Art, bald.«

Er verstummt mit dem vorerst letzten Schlag seines Herzens und verliert dann das Bewusstsein.

9

Minuten vergehen. Nichts passiert. Eine Viertelstunde. Nichts. Eine halbe Stunde.

Es klopft an der Zimmertür.

Ich schrecke auf und springe vom Bettrand, bereit, jedem an die Gurgel zu gehen, der es wagt, auch nur einen Fuß in mein Zimmer zu setzen.

»Mr O'Connel? Sind Sie in Ordnung?«

Als ich Bobs Stimme höre, atme ich erleichtert aus und lasse mich wieder neben Art auf dem Bettrand nieder, da Schwindel meine Welt ins Schwanken bringt.

»Darf ich eintreten?«

»Ja, darfst du«, erwidere ich, während ich Arts leblosen Körper betrachte. Wieder starre ich auf den Wecker auf meinem Nachttisch. Langsam ist es doch an der Zeit, dass sein Herz wieder anfängt zu schlagen, oder? Womöglich bin ich einfach zu ungeduldig.

Bobs Miene bleibt unberührt, als er die blutige Sauerei auf dem Bett erblickt. Er tritt näher, aber mir entgeht nicht, dass er vor seinem ersten Schritt in mein Zimmer kurz zögert. »Sind Sie wohlauf?«

Ich überlege kurz. Obwohl ich mich seltsam fühle und dazu auch völlig entkräftet bin, nicke ich ihm zu. »Es geht schon. Könntest du mir trotzdem eine Blutkonserve bringen?«

»Natürlich«, entgegnet er ohne Widerrede und kommt meiner Bitte nach.

Ein dumpfer Schlag eines Herzens durchbricht die Stille im Raum. Nach dem ersten folgt etwa eine halbe Minute später der zweite, ehe Art mit weiterhin geschlossenen Augen lautlos einatmet.

Ein tiefes Ausatmen erfolgt meinerseits, während die Anspannung von mir abfällt und mich von dieser beklemmenden Sorge befreit, dass Art durch meine Unzulänglichkeit nie wieder erwachen würde.

Mit einer aufgewärmten Tasse Blut kommt Bob zurück. »Hat sich bereits etwas getan?«

Ich nehme ihm den Becher ab und stürze den Inhalt in einem Zug herunter. Eigentlich müsste mich Arts Blut so weit gesättigt haben, dass ich kein Hungergefühl verspüre, aber dadurch, dass er so viel von meinem Lebenselixier in sich aufgenommen hat, scheint sich das irgendwie ausgeglichen zu haben. Es macht auf jeden Fall Sinn, so ausgelaugt, wie ich mich fühle.

»Jap. Geatmet hat er schon.«

Bob schaut weiterhin stumm in meine Richtung.

»Was ist los, Bob? Sehe ich so beschissen aus?«

»Nein, Mr O'Connel, nur geschwächt.«

Ja, ich wünschte mir, dieser ganze Verwandlungsprozess hätte sich rein auf mein Aussehen ausgewirkt, und nicht gleich auf meine körperliche Verfassung. »Kein Wunder. Bei der Menge an Blut, die dieser Streuner mir abgezwackt hat.«

Ich lenke Bobs Blick mit einem Daumenzeig auf Art. »Aber hey, er bleibt am Leben. Darauf kommt es an.« Ein warmes Gefühl steigt in meiner Brust auf und bereitet einem kleinen Lächeln freien Zugang auf meine Miene.

»Wie kommt es, dass Sie ihn so sehr mögen?«, fragt mich Bob plötzlich. Ich sehe ihm an, dass er bereits bereut, seinen Gedanken laut ausgesprochen zu haben, obwohl sich dahinter bestimmt noch weitere verbergen.

Ich zucke die Achseln. »Ich habe nie erwähnt, dass ich ihn mag.« Tja, aber ein Geheimnis habe ich auch nicht wirklich daraus gemacht. Also war es bloß eine Frage der Zeit, bis Bob solche Schlüsse zieht.

»Natürlich nicht, Mr O'Connel«, meint er, pragmatisch wie immer, und neigt entschuldigend den Kopf. »Falls Sie mich brauchen, finden Sie mich bei der Wohnungstür.«

Ich nicke ihm zu. »Danke, Bob.«

Und damit verschwindet er wieder nach draußen. Ich wünschte, es wäre nicht so offensichtlich, dass ich etwas für diesen rücksichtslosen Nichtsnutz empfinde. Was diese Gefühle genau bedeuten, kann ich mir selbst nicht so ganz erklären, aber sie sind da.

Grummelnd lehne ich mich über ihn, um ihm eine Strähne von der klebrigen Stirn zu streichen. In seinem Schlummer sieht er so friedlich aus. So entspannt und so ohne Sorgen. Ich bin mir nicht einmal sicher, ob ich ihn jemals ruhig schlafen gesehen habe. Nein, ich glaube nicht.

Seit über drei Stunden warte ich darauf, dass Art aus dem Totenschlaf, der zweiten Phase der Verwandlung in einen Vampir, erwacht. In der Zwischenzeit habe ich ihm das Blut von Mund und Hals gewaschen und zehn Blutkonserven unter dem Nachttisch bereitgelegt, in der Hoffnung, dass sich Art bald rührt.

Ich liege bäuchlings neben ihm, um mir zum vierten Mal *Oliver Twist* zu Gemüte zu führen. Das Blättern in der originalen Erstausgabe allein genügt, um mir das Warten ertragbarer zu machen. Die vergilbten Seiten reiben wie feines Sandpapier über meine Fingerspitzen und teilen den Geruch der Zeit mit mir. Ein Duft, der niemals von mir ausgehen wird, da ich und alle anderen Vampire nicht auf dieselbe Art vergehen werden wie andere organische Materie.

Gedanklich zwischen den Buchstaben gefangen nehme ich zuerst nicht wahr, dass sich etwas neben mir regt. Erst als ich einen leichten Druck gegen meinen Rücken spüre, kehre ich zurück ins Hier uns Jetzt, lege das Buch beiseite und wende mich Art zu. Er hat sich auf die Seite gedreht, atmet unruhig und starrt mit weit aufgerissenen Augen ruckartig umher.

»Art, ich bin hier.«

Durch mein Flüstern findet er mich als seinen Fokus. Mit flehendem Blick schaut er mich an, greift dann entsetzt an seinen Hals. Ein gehauchtes Fauchen entweicht ihm – voll Unsicherheit und unerträglichem ...

»Durst«, wispert er mir mit kratziger Stimme zu.

Ich bücke mich zu den Blutkonserven und begutachte das Etikett. 0 negativ steht darauf. Die bekömmlichste unter den Blutgruppen. An der oberen linken Ecke reiße ich den Plastikbeutel auf. Arts Pupillen weiten sich sofort, ehe er nach der Konserve schnappt. Ich lasse zu, dass er sie mir entreißt, und

beobachte ihn dabei, wie er das Blut gierig hinunterstürzt. Er quetscht sie bis auf den letzten Tropfen aus, bevor er sie achtlos auf den Boden wirft.

»Mehr!«, fordert er knurrend und linst zum Konservenlager unter dem Nachttisch.

»Eine nach der anderen, Art«, ermahne ich ihm, aber ich reiche ihm bereits die nächste. Mit einem lauten Schlürfen verschwindet auch dieser halbe Liter in seinem Rachen und scheint das brennende Feuer in seiner Kehle dennoch kaum zu löschen. Die Gier in seinen dunkelblauen Augen ebbt nicht ab, wenn sie nicht sogar zunimmt. Bettelnd streckt er eine Hand aus, damit ich ihm einen weiteren Blutbeutel gebe. Ohne Worte genehmige ich ihm diesen. Und danach noch mal sechs.

»Art.«

»Mehr ...«

»Du musst dich bremsen.«

»Ich brauche ... mehr.«

»Eine kann ich dir noch geben.«

»Hauptsache mehr!« Kopflos verkrallt er sich im Laken und zieht sich bis zur Bettkante. Geifer gemischt mit Blut läuft ihm aus dem rechten Mundwinkel bis zum Kinn. »Hunger.«

Stirnrunzelnd überlasse ich ihm die letzte Konserve, weiß aber schon jetzt, dass sie ihm niemals reichen wird.

Sekunden, nachdem er die letzte zu sich genommen hat, beruhigt er sich zu meiner Überraschung, hört auf, vor Hunger zu sabbern, und bald legt sich Müdigkeit über seine hageren Züge. Er versucht, etwas zu sagen, doch die Worte bleiben ihm im Hals stecken.

»Scht, es ist okay. Ruh dich aus und schlafe, so lange du willst«, rede ich ihm gut zu, tätschele ihm währenddessen den Scheitel. Schweigend schiebt er sich wieder ein Stück zurück in die Mitte des Bettes und dreht sich auf den Rücken. »Es wird vergehen, sobald du den Wandelschlummer überstanden hast.« Bevor er mir einen fragenden Blick zuwerfen kann, füge ich gleich noch eine Erklärung an. »Sobald du einschläfst, beginnt dein Körper, sich zu verwandeln. Deswegen fühlst du dich müde und kraftlos. Du brauchst jetzt jede Energie für deine Verwandlung.«

Er lächelt, was mich tatsächlich verwundert. »Okay«, formt er mit seinen Lippen. Viel länger kämpft er auch gar nicht gegen seine Müdigkeit an, sondern ergibt sich ihr und fällt in einen tiefen Schlaf. Erneut ist es Erleichterung, die mir einen kleinen Teil meiner inneren Anspannung abnimmt. Bisher lief alles nach Plan, obwohl mir die Gier, die er an den Tag legt, Sorgen bereitet.

Aber Seamus um Rat fragen? Nein, nicht in tausend Jahren.

Mit einem kurzen Blick auf Art erhebe ich mich. Auf den Zehenspitzen recke ich mich mit nach oben ausgestreckten Armen, genieße das Gefühl, wie sich meine Gelenke und Muskeln dadurch lockern. Es tut alles weh, was sonst nie vorkommt, aber ich verstehe jetzt endlich in aller Gänze, warum Vampirverwandlungen sowohl für den neuen Schützling als auch für dessen Erschaffer so gefährlich sind. Ich bezweifle, dass es mir gerade leicht fallen würde, gegen einen mordlustigen Vampirjäger anzukommen, geschweige denn gegen eine Horde davon.

Lautlos schleiche ich hinaus, vergesse aber nicht, die Tür hinter mir zu schließen. Bei genauer Betrachtung meines Arms bemerke ich, dass die Wunde noch immer nicht gänzlich verheilt ist. Sie leuchtet altrosa, sobald ich den Lichtschalter in der Küche anmache, um nach Dracula zu sehen. Er rennt regelrecht auf mich zu und miaut vorwurfsvoll.

»Ja, ich weiß, mein Kleiner. Es passt mir doch auch nicht, dass ich dich einsperren muss, aber ich möchte nicht, dass Art dich versehentlich verletzt oder gar auffrisst.«

Mein Kater legt seinen Kopf schräg. Natürlich hat er kein Wort verstanden. Seine unschuldige Ahnungslosigkeit bringt mich zum Lächeln und ich streichle ihn zwischen den Ohren. »Es sollte nicht mehr allzu lange dauern. In der Zwischenzeit«, ich gehe vor ihm in die Hocke und greife nach einem kleinen Ball, »kannst du ja damit spielen. Ich hab dir doch nicht umsonst so viel Spielzeug besorgt.« Aber er ignoriert das Bällchen, selbst als ich ihn bis zum anderen Ende der Küche werfe. Stattdessen reibt er seine Lefzen gegen mein Knie und markiert mich als seinen Besitz. Lächelnd verdrehe ich die Augen und wuschle ihm dann durch sein dichtes, schwarzes Fell. »Du bist ein kleiner Rabauke, aber ein liebenswürdiger Rabauke. Ja, genau, das bist du.« Ich gehe auf alle viere, um mit ihm auf Augenhöhe zu sein. Er packt die Gelegenheit beim Schopf und schmiegt sich ganz nah an mein Gesicht. Ich kraule und streichle ihn, genieße dabei die Wärme, die von ihm ausgeht.

»Ach, Dracula. Egal, wie sehr du mich jetzt umschmeichelst – rauslassen kann ich dich noch nicht.« Und diesmal, als hätte er mich verstanden, entfernt er sich von mir, dreht mir den Rücken zu und setzt sich dann gut einen Meter vor mir hin. Ich zucke die Achseln. »Tja, ich habe deine Pläne durchschaut, du verwöhnter Stubentiger. Selbst von dir lasse ich mir nicht auf der Nase heru...«

Mitten im Satz halte ich inne, als ich von draußen ein klimperndes Geräusch höre – wie von einem kleinen Messer, das jemand fallen gelassen hat.

Aufmerksam horchend schiebe ich den dunklen, schweren Vorhang ein Stück weit zur Seite und öffne den Rollladen so weit, dass sich fünf Millimeter breite Spalten bilden. Das Licht der Morgendämmerung dringt durch sie herein, weswegen ich mit zusammengekniffenen Augen und etwas Abstand durch sie hindurch spähe. Doch ich erkenne nichts Ungewöhnliches. Vielleicht geht momentan auch meine paranoide Ader mit mir durch. Wer weiß. Ich schließe den Rollladen wieder vollständig und ziehe den Vorhang zu.

Ich habe mich darum bemüht, keine Spuren zu hinterlassen, damit nichts auf eine bevorstehende Verwandlung hinweist. Oder habe ich etwas übersehen? Einen Spion in der Seitengasse? Ein vorbeifahrendes Auto mit Vampirjägern, die mich zufällig an einem verdächtigen Ort gesichtet haben? Ist Bob und mir jemand gefolgt? Haben sie Art gesehen?

Während ich mir den Kopf zermartere, mache ich mir eine frische Tasse Kaffee, diesmal ohne Blut, und geselle mich zu Bob. Er döst auf dem Stuhl und mit verschränkten Armen vor sich hin, macht aber nicht den Eindruck, als wäre er dadurch weniger wachsam. Ich vertraue ihm diesbezüglich voll und ganz, fläze mich dementsprechend entspannt auf die Couch, nachdem ich *Oliver Twist* aus meinem Schlafzimmer geholt habe.

10

M r O'Connel?« Jemand rüttelt zögerlich an meiner Schulter. Der Schlaf fällt von mir ab. Dennoch gelingt es mir kaum, die bleiernen Augenlider zu heben.

»Hm?«

»Es ist kurz vor Sonnenuntergang.«

»Ah, fuck!«, raune ich verpennt und setze mich auf. Meine Haare stehen in alle Richtungen ab, mein Hemd ist zerknittert und die Erstausgabe liegt eingequetscht zwischen mir und der Couchlehne – zum Glück zugeklappt. Ansonsten hätte ich mir das nie verziehen. »Ist er schon wach?«

»Nein, Mr O'Connel, aber er wird bald erwachen.«

»Ja, das sowieso.« Ich wuschle mir durchs Haar und bringe danach das Buch in Sicherheit, indem ich es auf dem Couchtisch ablege. »Am besten bleibst du bei der Tür, falls Art versucht, durch den Haupteingang auszubüchsen. Ich würde es ihm zutrauen.«

Er nickt bestätigend. »Sicher.«

»Und würdest du bitte Seamus kurz Bescheid geben? Ich habe momentan weder die Muße, mich bei ihm zu melden, noch mir sein Gejammer anzuhören, wenn ich es nicht tue«, bitte ich Bob, während ich mich aus der Bequemlichkeit der Couch löse und auf die Beine komme.

»Das werde ich gern für Sie erledigen«, versichert er mir und holt sein Handy aus einer Innentasche seines Sakkos.

»Danke, Bob. Ich hoffe, du weißt, wie sehr ich schätze, dass du hier bist und mir hilfst.« Auch wenn er trotz mehrmaligen Bittens immer noch nicht aufhört, mich mit dem Nachnamen anzusprechen.

»Nichts zu danken. Ich stehe nach wie vor in Ihrer Schuld.«

»Ach was, das ist doch längst Schnee von gestern. Ich meine, ich konnte dich da nicht einfach hängen lassen. Wortwörtlich. Du wärst sonst sicherlich gestorben.«

In Gedanken versunken lässt er seinen Blick umherschweifen, ehe er mich erneut fokussiert. »Dem wäre so gewesen. Jedoch sehe ich es nicht als eine Verständlichkeit an, dass Sie ...«

Ich wedle mit der Hand, trotz der Unhöflichkeit, dass ich ihn dadurch unterbreche. Davon will ich nichts hören. »Für mich war, nein, ist es selbstverständlich, aber lassen wir es so stehen. Verstanden, Bob? Du bist mir wirklich nichts schuldig.«

Wieder weicht er meinem Blick aus und offenbart mir damit, dass er diesbezüglich meine Meinung nicht teilt.

Seufzend gebe ich es auf. Ich habe längst aufgehört zu zählen, wie häufig ich es ihm erklärt habe, aber er gehört eben durch und durch zu den ehrenhaften Männern aus dem letzten Jahrhundert. Ehrenhaft, dazu noch weltoffen, eine gute Kombination. Wem das Letztere fehlt, hat in meiner Nähe auch nichts zu suchen.

Mit zusammengepresstem Mund, als müsste er es sich verkneifen, mir nochmals zu widersprechen, nickt er mir respektvoll zu und beginnt noch, während er sich wegdreht, eine Nachricht in sein Handy zu tippen.

Ich hingegen warte nicht ab, bis er sich wieder auf seinen angestammten Platz zurückzieht, sondern verschwinde mit sechs weiteren Blutkonserven und einer Spritze aus dem Kühlschrank in meinem Schlafzimmer, um nach Art zu sehen. Er liegt dort, wo ich ihn zurückgelassen habe, stocksteif wie eine angemalte Steinstatue. Da packt mich trotz allem die Neugier. Sie zieht mich näher an ihn heran, so nah, dass ich mich an den Rand des Bettes knie und ihn mir aufs Genauste besehe, nachdem ich alles behelfsmäßig unter meinem Bett verstaut habe. Ein Seufzer des Erstaunens entgleitet mir, als ich die Veränderungen bemerke. Die Zeichen der langjährigen Krankheit verblassen allmählich. Seine kreideweiße Haut nimmt wieder einen gesünderen Farbton an und die dunkelvioletten Ringe unter seinen Augen verschwinden. Der von Hunger und Not ausgezehrte Körper wirkt noch immer zerbrechlich, aber ich weiß, dass er durch die Verwandlung stärker werden wird. Und Art könnte – wenn er es denn möchte – daran arbeiten, ihn wieder aufzubauen, um sich darin wohlzufühlen. Aber das ist ganz ihm überlassen.

Ich fahre durch sein blondes Haar, das sich trotz des Schweißes und der Rückstände des Haargels weicher und etwas dicker anfühlt als noch Stunden zuvor.

Wie sehen wohl seine Zähnchen aus? Ich ziehe seine Oberlippe sachte nach oben. Und da blitzen sie auf, die Reißzähne, und zwar gleich mehrere. Der kleinere Schneidezahn, der Eckzahn und der Backenzahn dahinter laufen spitz zu. Selbst der untere Eckzahn ist länger als bei gewöhnlichen Vampiren. Seltsam …

Stirnrunzelnd begutachte ich sie näher, bis Art plötzlich seine Augen öffnet, sich mit einem Ruck aufsetzt und mich mit gebleckten Zähnen anfaucht. Ich falle dabei fast von der Bettkante, doch es gelingt mir, mich rechtzeitig abzufangen.

»Ruhig, Art. Ich tue dir nichts. Hier wird dir nichts geschehen«, rede ich beruhigend auf ihn ein und bemühe mich darum, ihn mit nach unten gerichteten Handflächen zu beschwichtigen. Zusammengekauert sitzt er auf dem Kissen, hält sich den Hals mit der linken, während er seine rechte Hand auf den Mund presst. Unverwandt starrt er in meine Richtung, verlagert sein Gewicht, als ob er gleich zum Sprung ansetzen wollte.

»Wage es nicht!«, warne ich ihn und hebe bestimmend meinen rechten Zeigefinger. Art blinzelt mehrere Male, doch ich konzentriere mich bereits auf die Farbe seiner Iris. Durch das Vampirblut hat sich diese ebenfalls verändert, ist blasser und heller geworden. Vorher hätte ich seine Augen mit der Oberfläche eines Sees bei sternenklarer Nacht verglichen. Nun aber erinnern sie mich eher an den Himmel, kurz bevor die Abendröte eintritt – ein dunkleres Stahlblau, um es genauer zu definieren.

Ein lautes Grollen dringt aus seinem Magen und raubt mir Arts Aufmerksamkeit. In der Sekunde, in der er noch zögert, bücke ich mich und greife nach einer Konserve, um sie ihm entgegenzuhalten. Gierig vor Hunger entreißt er sie mir und versenkt seine Zähne im Plastik, ohne Rücksicht darauf, dass dadurch das Blut in alle Richtungen spritzt und auf das Laken unter ihm trieft.

Fünf weitere Male wiederholt sich dieses Spiel, bis keine mehr übrig bleibt und ich ohne Nachschub dastehe. Er durchdringt mich regelrecht mit seinen hungrigen Augen, jagt mir damit kalte Schauer über den Rücken, aber ich verhalte mich im Angesicht der Gefahr weiterhin ruhig. Blut tropft ihm aus dem Mund, während er den letzten Beutel in seiner knienden Haltung einfach fallen lässt und sich bedrohlich langsam näher zu mir bewegt. Momentan ist er nicht der Art, den ich kenne, der mich in Schwierigkeiten hineinzieht und mich dennoch immer wieder zum Lachen bringt. Stattdessen ist er eine mordlustige Bestie mit einem über die Maßen beunruhigenden Blutdurst, wenn er selbst mich als Beute ins Visier nimmt. Über das Gutzureden sind wir längst hinaus.

»Art!«, rufe ich seinen Namen, ehe er auf mich zuprescht. Ich ducke mich unter seinem Angriff weg und lasse mich auf die Knie fallen, um an die Spritze unter dem Bett zu gelangen. Eine sehr unvorteilhafte Position für mich. Wie erwartet packt er mich sofort von hinten am Hals und umschlingt mit seinem anderen Arm meine Taille. Ohne Rücksicht. Ohne Zurückhaltung. Er zischt mir ins Ohr, bevor ich spüre, wie ihm der Speichel aus dem Mund läuft und mir auf die linke Schulter tropft. Wieder grummelt sein Magen vor Hunger, während ich aus dem Augenwinkel wahrnehme, wie er seinen Mund aufreißt und mit seinen Zähnen auf meinen Nacken abzielt. Aber nicht mit mir!

Ich habe Glück. Meine Arme kann ich frei bewegen, sodass es mir gelingt, die rettende Spritze unter dem Bett hervorzuholen und die Schutzabdeckung mit meinen Zähnen abzuziehen. Mit Schwung ramme ich ihm die Nadel in den Arm, mit dem er mich am Rumpf festhält, und drücke den Kolben bis zum Anschlag hinunter.

Knapp über meiner Haut hält Art inne, schnappt nach Luft, ächzt und keucht vor Schmerz, ehe er seinen Griff lockert und wie ein nasser Sack zur Seite plumpst. Mit entsetzter Miene starrt er auf die leere Spritze, die ich ihm im nächsten Moment rausziehe, denn er selbst ist kaum in der Lage, sich zu bewegen. Betäubt liegt er da, doch seine Augen sind offen und sein Verstand vollkommen wach.

Ich stülpe die Schutzabdeckung wieder über die Nadel, ehe ich neben Art in die Knie gehe. Er schaut zu mir hoch, zitternd, gibt allerdings nichts weiter als ein jämmerliches Fauchen von sich.

»Ich habe dich gewarnt, aber wenn du mir nicht zuhörst, muss ich zu härteren Maßnahmen greifen«, erläutere ich und begutachte die Einstichstelle. Die Venen unter seiner Haut haben sich dort dunkelviolett bis schwarz verfärbt, ziehen sich über seinen Ellbogen bis hin zu seiner Schulter und zu seinem Hals. Das tote Blut hat demnach bereits sein Herz erreicht, was erst einmal schrecklich klingt, aber nicht weiter beunruhigend ist.

»Keine Sorge, Art. Was ich dir da verabreicht habe, ist totes Blut. Es richtet bei Vampiren keinen langfristigen Schaden an, sondern setzt uns lediglich für ein paar Stunden außer Gefecht. Es ist zu deiner und meiner Sicherheit.« Ich klopfe ihm auf die rechte Schulter. »Du musst lernen, auf mich zu hören, sonst kann das nicht funktionieren. Es gibt Regeln, denen manche Vampire folgen müssen. Das gilt für mich und für dich auch. Selbst wenn sie dir nicht gefallen werden.«

Er grummelt mit zusammengezogenen Brauen, während sein Magen erneut vor Hunger knurrt.

»Und das kriegen wir ebenfalls in den Griff.« Ich mustere ihn ernst. Wie auch immer ich das bewerkstelligen soll. Eigentlich sollte die Menge an Blut für den Augenblick ausreichen, aber sein Körper und Geist gieren nach mehr.

Bevor ich es ihm erlauben kann, weitere Konserven zu sich zu nehmen, schleife ich ihn zum kühlen Heizkörper unterhalb des lichtdicht abgedeckten Fensters und lehne ihn dagegen. Die Handschellen und das Seil hole ich aus der Kiste, die nach wie vor offen herumsteht, und beginne damit, Art zu fesseln und zu sichern. Ich weiß zwar nicht, wie lange es halten wird, sobald die Wirkung des toten Blutes nachlässt, aber es wird mir etwas Zeit verschaffen, auf ihn einzureden und ihn zur Vernunft zu bringen.

Er lässt es, ohne zu knurren oder zu fauchen, über sich ergehen, knirscht währenddessen mit den Zähnen und legt den Kopf in den Nacken. Es grenzt an ein Wunder, dass er überhaupt dazu imstande ist, sich zu rühren. Bei den meisten versteift sich über mehrere Stunden hinweg der ganze Körper. Nicht einmal mehr blinzeln ist dann möglich. Aber nicht bei ihm. Er scheint zwar außer Gefecht gesetzt, dennoch muss ich Vorsicht walten lassen. Vielleicht ist bei seiner Verwandlung etwas schiefgegangen, vielleicht liegt es aber auch an seinem Charakter, dass seine Gier nach Blut derart ausgeprägt ist.

Oder ich mache mir schlichtweg zu viele Sorgen. Es lässt sich sicher alles ganz plausibel erklären – hoffe ich zumindest.

»Ich bringe dir gleich etwas.« Ich muss echt aufpassen, dass mein Vorrat nicht allzu schnell zur Neige geht, aber was bleibt mir anderes übrig? Er leidet Hunger und hungrige Vampire sind bekanntlich die gefährlichsten ihrer Art.

11

Drei Stunden und zehn weitere Blutkonserven später ist Art so weit gesättigt, dass sein Magen aufhört zu knurren. Schweigend sitzt er da, unfähig, zu sprechen, und meidet meinen Blick, schaut stattdessen in Gedanken vertieft an die Decke. Um die Stille zu füllen, habe ich vorhin das Radio neben meinem Schrank eingeschaltet und einen Sender mit ordentlicher Musik eingestellt. Zum Takt von *Heart-Shaped Box* tippe ich mit dem Zeigefinger auf den Boden, während ich mit dem Rücken an die Wand gelehnt neben Art sitze und mein linkes Knie anziehe.

Es wäre längst überfällig, ihm ein Bad einzulassen, damit er sich gründlich wäscht, aber in seinem halbbetäubten Zustand wäre es ein Krampf, ihn sauberzukriegen. Da warte ich doch lieber, bis die Wirkung des toten Blutes vollständig nachlässt. Allzu lange wird es ja in seinem Fall nicht mehr dauern, was mir definitiv Kopfzerbrechen bereitet. Trotz Rachels Zusicherung, dass die Formel besonders gut bei jungen Vampiren anschlägt, baut Arts Körper das tote Blut schneller ab, als mir lieb ist.

»Sean?«, flüstert er heiser, hält seinen Blick jedoch weiterhin von mir abgewandt.

»Ja?«

»E-erzählst du mir jetzt endlich mehr ... von dir?« Er klingt erschöpft, aber nicht länger so gemartert wie vor seiner Verwandlung. Jetzt dringt es auch allmählich zu mir durch, dass er nicht an seiner Krankheit sterben wird. Er wird mir noch viel länger erhalten bleiben und an meiner Seite sein. Mir fällt dadurch ein Stein vom Herzen, auch wenn ich mich von der aktuellen Freude nicht täuschen lasse. Die Wochen, die vor Art und mir liegen, werden ohne Zweifel anstrengend und definitiv auch kräftezehrend für mich. Aber das ist es mir wert.

Art hat sein Gesicht mittlerweile zu mir gedreht. Seine stahlblauen Augen mustern mich aufmerksam.

»Was möchtest du denn erfahren?«

Er schmunzelt, als würde ihn meine Frage amüsieren. Das angetrocknete Blut bröckelt dabei teilweise von seinen Lippen und irritiert mich für einen Moment. »Alles!«

»Alles?« Ich lächle überfordert. »Alles gleichzeitig kann ich dir nicht schildern. Gibt es etwas Bestimmtes, womit ich beginnen soll?«

Er zuckt mit den Schultern, verzieht dabei das Gesicht vor Schmerz, was wohl immer noch dem toten Blut zuzuschreiben ist. »Dem Anfang deines Vampirdaseins?«

»Dem Anfang, sagst du«, wiederhole ich, um mir etwas Zeit zum Nachdenken zu verschaffen. »Nun, verwandelt wurde ich 1742 im Alter von 21 Jahren. Damals lebte ich in einer kleinen Ortschaft namens Castlebridge und war der Sohn eines reichen Gutsherren.«

Noch ehe ich meinen Satz beendet habe, prustet Art lauthals los. »Gutsherr? Du? Ist ja nicht zu glauben.« Ihm kommen sogar die Tränen vor Lachen und ihm entfährt kurzzeitig ein unkontrolliertes Zischen. Ich kann durchaus nachvollziehen, warum ihn das amüsiert. Schließlich tue ich aus seiner Sicht vieles, was die ›Obrigkeit‹ – wie Art die reicheren Gesellschaftsschichten so schön nennt – gegen uns aufbringt. Wo meine Wurzeln liegen oder was alles im Hintergrund geschieht, habe ich nie durchblicken lassen – vor allem nicht, wenn es sich um Geschehnisse innerhalb der Vampirgesellschaft handelte.

Seufzend ringe ich mich dazu durch, in sein Lachen einzustimmen. Art versteht eben nicht, wie kompliziert Gesellschaften aufgebaut sind und dass auch hier nicht immer alles so schwarz und weiß ist, wie es nach außen wirkt. »Ja, ein Gutsherr. Ich besaß ebenfalls ein Anwesen, allerdings ein deutlich kleineres als mein Vater, denn ich weigerte mich, Diener, respektive Sklaven, einzustellen. Das hätte ich schon damals nicht mit meinem Gewissen vereinbaren können, obwohl es zur damaligen Zeit gang und gäbe war.«

Art stößt ein verächtliches Schnauben aus, aber ich ignoriere ihn und erzähle stattdessen weiter. »Mit der Hilfe meiner Ehefrau und einiger gut bezahlter Arbeiter hielt ich mein Anwesen in einem ansehnlichen Zustand und führte von dort aus ein überaus erfolgreiches Unternehmen.«

»Deiner Ehefrau?« Ihm fallen fast die Augen aus dem Gesicht, so weit, wie er sie aufreißt. »Du hast ... geheiratet?«

Verlegen schaue ich weg. »Ja, habe ich«, nuschle ich vor mich hin, bevor ich mich zwinge, ihn wieder anzuschauen. »Das war damals ganz normal und gehörte zum Leben dazu, okay? Ich habe es auch nie bereut.«

»Hattest du Kinder?«, fragt er mich wie aus der Pistole geschossen.

»Nein«, erwidere ich nüchtern und merke, wie sehr meine Vergangenheit mich mittlerweile kaltlässt. Es ist wohl doch etwas Wahres dran, dass die Zeit alle Wunden heilt. »Dafür waren wir nicht lange genug verheiratet.«

»Hm.« Art scheint langsam zu merken, dass er von einem Fettnäpfchen ins nächste tritt, wendet seinen Blick einen Moment von mir ab, dann wieder zu mir zurück. »Sorry ... ähm ... erzähl ruhig weiter. Ich ... bleib' jetzt still.«

Klar. Als ob er das überhaupt kennt – still zu bleiben und einfach seine Klappe zu halten. Aber ich bin ihm nicht böse. Seine Neugier hat durchaus seine Berechtigung und verdient Antworten.

»Mein Erschaffer Seamus und ich haben uns zwei Jahre vor meiner Verwandlung – also 1740 – zum ersten Mal getroffen. Er gehörte damals zu einem der wichtigsten Handelspartner meines Vaters, und demnach war er auch für mich ein notwendiger Kontakt, um mein Unternehmen erfolgreich zu führen. Wir lernten uns kennen, hatten häufiger miteinander zu tun und bauten sogar ein freundschaftliches Verhältnis zueinander auf. Mich wunderte es anfangs schon, dass er sich nur nach Sonnenuntergang mit mir verabredete, aber mit der Zeit wurde es so normal, dass es mir nicht mehr auffiel. Ich meine, damals habe ich noch allein gelebt. Meine Ehefrau ist erst nach unserer Hochzeit bei mir eingezogen – das war damals übrigens nichts Ungewöhnliches.«

»Kann ich mir vorstellen«, sagt er, während er mir mit zusammengezogenen Augenbrauen aufmerksam zuhört, aber ich bezweifle, dass er sich die Situation tatsächlich ausmalen kann. Niemand, der in dieser modernen Zeit lebt, hat eine Vorstellung davon, wie es zur damaligen Zeit zu- und herging. Vielleicht auch besser so. Die Sorgen und das Leid möchte ich jedem lieber ersparen. »Wie hieß sie?«

»Kathleen. Es war zwar eine arrangierte Ehe, aber wir lernten uns lange vor unserer Verlobung kennen und mochten uns damals schon. Ich konnte mich diesbezüglich sehr glücklich schätzen. Doch wie es so ist, währt Glück selten lange. Drei Monate nach unserer Heirat luden uns meine Eltern zu sich auf ihr Gut ein. Seamus war ebenfalls anwesend, da er am selben Tag noch Verhandlungen mit meinem Vater geführt hatte. So höflich, wie mein Vater war, hat er ihn spontan darum gebeten, zum Abendessen zu bleiben. Gemäß der Etikette hat Seamus das Angebot angenommen.« Ich schlucke den unangenehmen Kloß herunter, der sich durch die Erinnerungen an jene Nacht gebildet hat. »Allerdings verlief das Mahl alles andere als geschäftsfördernd. Während meine Mutter und ich aßen, gab Seamus zu verstehen, dass er plante, die Handelsbeziehungen zu meinem Vater aufzulösen, da sich ihm bessere Partner dargeboten hatten. Doch mein Vater hielt davon gar nichts und drohte Seamus, dessen Geschäft zu ruinieren, wenn er den Vertrag zwischen den beiden nicht aufrechterhielt. Er meinte auch, er hätte etwas gegen Seamus in der Hand. Was es war, habe ich nie herausgefunden. Während mein Vater mehrmals die Fassung verlor, blieb Seamus beängstigend ruhig. Nach dem Essen bat er mich um ein persönliches Gespräch und führte mich dafür ins Arbeitszimmer meines Vaters. Dort zeigte er mir zum ersten Mal sein wahres Gesicht. Er überfiel mich, biss mich nach einem kurzen Kampf rücksichtslos in den Nacken und trank mein Blut, bis ich am Abgrund des Todes stand.«

Wieder schweige ich. Mit niemandem habe ich bisher darüber geredet, wie es zu meiner Verwandlung kam und was vorher gewesen war. Art ist tatsächlich die erste Seele, der ich meine Vergangenheit in dieser Ausführlichkeit anvertraue.

»Und dann hat er dich verwandelt?«, schlussfolgert Art.

»Ja.« Einerseits fühle ich mich erleichtert, meine Geschichte mit jemandem teilen zu können. Andererseits wird mir schlecht beim Gedanken, was im Anschluss geschehen ist.

Wie befürchtet belässt es Art nicht dabei, sondern lehnt sich mit einem angestrengten Knurren leicht vor, als ob er versuchen würde, jede Regung meines Gesichts zu erhaschen. »Was ist danach passiert?«

Ich schlucke schwer und kratze mich in meinem Unbehagen am Kinn, bereit, ihm die grausame Wahrheit über die ersten Tage meines Vampirdaseins zu offenbaren.

Jedoch macht mir mein Handy einen Strich durch die Rechnung. Es vibriert einmal. Ich halte inne, hoffe, dass mir nur jemand eine SMS geschrieben hat. Leider surrt es ein zweites und drittes Mal, und als ich es hervorhole, sehe ich seinen Namen auf dem Display: SEAMUS.

12

»Wenn man vom Teufel spricht«, gebe ich murrend von mir, aber ich überwinde mich dazu, den Anruf anzunehmen. »Hier ist Sean.«

»Guten Abend, Sean. Es entzückt mich jedes Mal, wenn du meine Anrufe nicht ignorierst«, erwidert Seamus und ich höre ihn lächeln.

»Komm einfach zum Punkt!«

»Selbstverständlich. Ich wollte mich nach deinem Befinden erkundigen. Wie ist es dir ergangen?« Seine Frage klingt zwar ernst, aber ich glaube nicht, dass er sich wirklich darum schert, wie es mir geht.

»Gut«, antworte ich knapp und warte ab, was als Nächstes kommt.

»Das freut mich, Sean, wirklich. Mit jeder Verwandlung zahlt man seinen Tribut. Als wie hoch sich dieser herausstellt, ist bei jedem Erschaffer anders.«

»Okay.«

»Wie macht sich dein Schützling? Er hat sich bestimmt bereits an meinem Geschenk gütlich getan.« Ich halte mein Seufzen nicht zurück, selbst auf die Gefahr hin, dass es Seamus durch das Handy wahrnimmt.

»Hat er. Alles ist ohne Komplikationen verlaufen und unter Kontrolle«, rattere ich herunter, lasse dabei Arts besorgniserregende Blutgier und seine zusätzlichen Reißzähne aus. Davon muss er ja nichts erfahren. »Bisher gibt es auch keinerlei Anzeichen für Vampirjäger.«

Seamus lacht dunkel in den Hörer hinein. »Hervorragend. Gut gemacht, Sean. Ich bin wirklich stolz auf dich, dass du diesen Schritt nach all den Jahren endlich gewagt hast.«

»Das kannst du dir sparen«, entgegne ich unwirsch und kämpfe gegen den Drang an, den Anruf vorzeitig zu beenden.

»Ach, Sean. Du bist und bleibst mein Lieblingsschützling. Keiner der anderen wagt es, auch nur einen abschätzigen Kommentar in meine Richtung abzugeben, aber mit dir wird es nie langweilig. Wie dem auch sei. Ich wollte dich fragen, wann dein Schützling nach deinem Ermessen bereit sein wird, mich in meinem Palast zu besuchen. Ich würde ihn sehr gern kennenlernen und mir ein eigenes Bild von ihm machen.«

»Noch nicht so bald. Dafür ist er noch zu hungrig und ich möchte nicht riskieren, dass er Menschen anfällt und sie im Affekt tötct.« Ich linse zu Art hinüber, im Wissen, dass er alles hört, doch eigentlich kann es mir nur recht sein. Wenn er ein bisschen gesunden Menschenverstand besitzt, kann er sich selbst zusammenreimen, dass es töricht wäre, in diesem Zustand die Wohnung zu verlassen.

»Ich vertraue da ganz und gar deinen eigenen Erfahrungen.« Wieder lacht er, diesmal mit listigem Unterton. Ich weiß, worauf er anspielt, aber gehe nicht darauf ein.

»Bist du fertig?«, zische ich ungeduldig.

»Eines noch: In der Nähe des *Hyde Parks* wurde vor knapp einer halben Stunde ein verdächtiges Fahrzeug gesichtet. Dessen Kennzeichen habe ich überprüfen lassen und herausgefunden, dass es auf Dexter Grant, den Leiter der Londoner Vampirjägerkooperation, zugelassen ist. Sei wachsam, Sean, sonst holen sie dich! Auf bald.«

Ohne irgendwelche Abschiedsworte drücke ich den Anruf weg. Das hat mir jetzt gerade noch gefehlt. Immerhin warnt mich dieser Bastard vor, anstatt mich einfach ins Netz der Jäger rennen zu lassen.

Ich stehe auf und verstaue mein Handy wieder, bevor mein Blick zu Art hinabhuscht. »Du bleibst schön hier, verstanden? Du wirst nicht versuchen, dich loszureißen oder irgendwelche anderen Dummheiten zu veranstalten.« Wie erstarrt schaut er zu mir hoch, sodass ich sehe, wie sich das Schwarz seiner Augen bei meinem Befehl weitet.

»Verstanden, Sean«, bestätigt Art in diesem leeren Ton des Gehorsams.

Ihn so zu hören, bereitet mir doch ein mulmiges Gefühl. Seinen Willen möchte ich nicht brechen, doch genau das ist das Risiko, das ich eingehe, wenn ich andere dazu bringe, mir durch Manipulation zu gehorchen.

Zähneknirschend wende ich meinen Blick von ihm ab, während sich meine Fingernägel in meine Handflächen graben. Zu häufig darf das nicht vorkommen. Nur so oft wie notwendig.

Art bleibt, wie befohlen, sitzen, oder besser gesagt, sieht er davon ab, sich gegen die Fesseln zu wehren, die ihn an Ort und Stelle halten. Doch beruhigt mich das nicht in Anbetracht dessen, dass auch das tote Blut nicht wie gewünscht gewirkt hat. Auch Seamus' Worte rufen eine böse Vorahnung in mir wach, sodass ich Art für einen Augenblick allein im Schlafzimmer zurücklasse, um nach Bob zu sehen. Dieser steht gegen die Haustür gelehnt da, horcht und hält eine Pistole in der Hand. Er sieht aus, als wäre er geradewegs einem Spionagefilm entsprungen.

»Sie haben uns gefunden«, teilt er mir mit, löst sein Ohr jedoch nicht von der Tür.

Verdammt!

»Da draußen stehen zwei Fahrzeuge mit insgesamt mindestens fünf Personen, soweit ich es erkennen kann.«

Noch beschissener. Wie ist es möglich, trotz höchster Vorsicht so viel Pech zu haben? Entweder haben meine Sinne nachgelassen und ich habe wirklich nicht mitbekommen, dass mir jemand bis zu meiner Wohnung gefolgt ist. Oder – daran will ich eigentlich nicht denken – jemand hat mich bei der Vampirjägerkooperation angeschwärzt. So oder so. Nichts führt an einem Kampf vorbei. Wenn Vampirjäger einmal auftauchen, fließt jedes Mal Blut. Verhandlungen gibt es keine, sondern nur Gewalt.

»Bereit, Mr O'Connel?« Bob schaute konzentriert zu mir, entschlossen, jederzeit zuzuschlagen.

Ich zucke die Achseln. »Das muss ich wohl sein, ob ich will oder nicht.«

»Gehen Sie in Deckung, damit Sie nicht sofort in ihr Schussfeld geraten!«, weist er mich an und so entscheide ich mich dazu, mich gegenüber von Bob auf der anderen Seite des Türrahmens zu positionieren.

»Guter Tipp.« Ich nicke ihm ermutigend zu, aber seine Miene verändert sich nicht.

Dann klopft jemand unvermittelt an. Dreimal, bevor es wieder still wird. Durch das Holz hindurch höre ich anhand mehrerer Klickgeräusche, wie sie ihre Waffen laden und nähertreten.

»Wohnt hier ein gewisser Sean O'Connel?«, erhebt sich plötzlich eine laute Frauenstimme.

»Ja«, rufe ich zurück. »Was wollen Sie von ihm?«

»Gut, Mr O'Connel. Öffnen Sie die Tür! Gegen Sie liegt ein Vollstreckungsbefehl vor. Ein anonymer Anrufer hat uns darauf hingewiesen, dass Sie letzte Nacht einen Menschen gewandelt haben. Ist das richtig?«

Verdammte Scheiße! Die kommen gleich mit einem Vollstreckungsbefehl daher. Das wird ja immer schlimmer, aber mir steht sicher nicht der Sinn danach, mich ohne Gegenwehr töten zu lassen. Geschweige denn, dass sie Bob oder Art etwas antun.

Nun runzelt selbst Bob die Stirn, als er meinem Blick begegnet. »Nein, da muss ein Fehler vorliegen. Dieser anonyme Anrufer hat sich bestimmt beim Namen geirrt«, erwidere ich, denke aber nicht im Traum daran, diese Frau reinzulassen.

Wieder klopft sie an. »Sie öffnen jetzt die Tür oder wir werden uns mit Gewalt Zutritt zu Ihrer Wohnung verschaffen. So oder so bekommen wir Sie zu fassen, Mr O'Connel.«

Mir graut es, ihr gegenüberzutreten, bei dem hämischen Ton, den sie an den Tag legt. Meine Nackenhärchen stellen sich auf, während ich mir einen Plan zurechtlege, wie ich die einzelnen Jäger einen nach dem anderen ausschalte.

Mit einem Poltern tritt jemand brutal auf die Tür ein. Sie erzittert unter der Wucht, hält jedoch stand. Noch. Das wiederholt sich mehrere Male, bis die Tritte plötzlich aufhören. Außer dem Adrenalin, das mir in den Ohren rauscht, nehme ich von draußen kaum etwas Verdächtiges wahr. Es zerreißt mich schier, nicht zu sehen oder zu hören, was sie tun. Ich muss ausharren und an Bobs Seite bleiben, um tatsächlich etwas gegen sie ausrichten zu können.

Ein weiterer Moment verstreicht. Er zieht sich eine halbe Ewigkeit hin, bis meine Haustür mit einem lauten Knall aus den Angeln gerissen und in den Gang geschleudert wird.

Scheiße, jetzt sind wir wirklich am Arsch ...

Triggerwarnungen

Armut

Blut

Erwähnung von Ablehnung eines Elternteils

Erwähnung von Queerfeindlichkeit

Krankenhaus

Schwere Krankheit (Hirntumor)

Spritzen

Tod

Playlist

Gone Away – The Offspring

The Kids Aren't Alright – The Offspring

Sommer von *Die vier Jahreszeiten* – Vivaldi

Closing Time – Semisonic

Heart-Shaped Box – Nirvana

Danksagung

Endlich habe ich es geschafft! Seit Jahren wollte ich eine Geschichte mit Vampiren schreiben und nun ist die erste Episode einer längeren Serie erschienen. Ursprünglich war es ein Experiment, um für mich selbst herauszufinden, ob ich mit dem Schreiben von Episodenromanen was anfangen kann, und ja, es ist genial. Zudem freue ich mich enorm darüber, wie viele Leute bereits ihr Interesse an der Geschichte geäussert haben. Echt toll!
Ich bin so glücklich darüber, dass ich Lens Charakter Sean als Hauptperson für diese Episode nutzen durfte. Er passt einfach so gut in die ganze Geschichte. Da es auch längst Zeit dafür wurde, habe ich dieses Buch meiner Mum gewidmet, weil ich durch sie - im Gegensatz zu Art - nie Ablehnung wegen meiner Queerness erfahren habe. Ich würde sie sogar als Ally-Nr.1 in meinem Leben bezeichnen.

Und wieder hätte ich ohne die Unterstützung meiner Patrons Vieles nicht umsetzen können. Danke dafür: Wolfgang, Hermann, Nico, Sandrao, Micha, Kristian, Jayce, Leo und Sören.

Manchmal bin ich echt froh, dass ich noch jemanden bezüglich Fehler frage, bevor ich das Manuskript ins Lektorat schicke. Deshalb bedanke ich auch bei meinen beiden Testleserinnen Janine und Tamara für das super Feedback. Es hat definitiv geholfen, einige Fehler auszumerzen.

Für dieses Projekt habe ich tatsächlich zum ersten Mal auch einen Künstler engagiert, der sich nicht nur um das Cover kümmert, sondern auch Illustrationen für das Buchinnere gestaltet. Dabei hat LucifersChoice echt super gute Arbeit geleistet. Es war mir echt eine Freude, mit ihm zusammenzuarbeiten. Aber auch die Zusammenarbeit mit meiner Lektorin Sabrina Schumacher hat wieder prima geklappt. Bei so tollen Leuten macht die Arbeit an Projekten gleich doppelt so viel Spaß.

Und am Schluss noch ein großes Dankeschön an meine Community. Es gibt viele, die nicht an mich glauben, aber ihr tut es und das bedeutet mir sehr viel.

Februar 2023,
Alenor J. Stevens

Schon im Kindesalter hat Alenor J. Stevens die Lust am Schreiben gepackt und seither nicht wieder losgelassen. Die Queere Phantastik spielt im Leben des Schreiberlings dabei eine besonders große Rolle. Während der Buchhändlerlehre sammelte Alenor Erfahrung im Bereich Selfpublishing und arbeitet seit Sommer 2019 am umfangreichen Fantasy-Projekt »Vaerysarium« und seit Neustem auch an dieser Vampirserie.

Zusammen mit drei bezaubernden Katzen und einem ebenso kreativen Mitbewohner wohnt Alenor in einer kleinen Künstler-WG in der Ostschweiz.

Lust auf Kurzgeschichten aus dem Vaerys-Universum?

Band 1 der Vaerysischen Memoiren enthält elf phantastische Geschichten erzählt aus der Sicht von Charakteren, die unterschiedlicher nicht sein könnten. Von verruchten Halunken, über Konstruktwesen bis hin zu geheimnisvollen Prophezeiungen ist bestimmt für alle Phantastikleser*innen etwas mit dabei.

Kuss der Skrupellosen | Eine ungewisse Zukunft | Unverhofft Quartiermeister | Im Dunkel des Waldes I | Der Angriff der Schatten | In Zeiten der Not | Böses Erwachen | Von Königen und Wölfen der See | Ein diebisches Dilemma | In der Gunst eines Fremden I | Auf Messers Schneide

Memoiren vaerysischer Helden, BoD, 2. Auflage, 168 Seiten, erschienen 1. November 2021, ISBN 9783755700128

In den Schatten von Qurta'bar ist der Auftakt eines quee-ren High-Fantasyepos' in der Welt von Vaerys.

Eine Kapitänin auf der Spur eines Geheimnisses.
Ein Dieb auf seinem persönlichen Rachefeldzug.
Eine Wächterin auf der Suche nach einem verlorenen Freund.
Ein Liebessklave auf dem Weg zurück zu sich selbst.

Obgleich sie aus vier unterschiedlichen Welten stammen, beschreiten sie in der Handelsstadt Qurta'bar alle denselben schicksalhaften Pfad, der einen neuen Anfang in der Geschichte von Vaerys markiert. Einer Welt, die vielfältiger nicht sein könnte, jedoch genauso viele Gefahren birgt. Noch ahnen sie nicht, was es mit ihren scheinbar zufälligen Begegnungen auf sich hat, aber nach und nach finden sie heraus, dass sie in weitaus mehr verwickelt sind als in die Belange einfacher Sterblicher.

Erscheint am 18. Mai 2023!